JN319674

耳ドクターはご機嫌ななめ

安曇ひかる

幻冬舎ルチル文庫

C O N T E N T S

✦目次✦

猫耳ドクターはご機嫌ななめ

✦カバーデザイン＝久保宏夏(omochi design)
✦ブックデザイン＝まるか工房

イラスト・陵クミコ✦

猫耳ドクターはご機嫌ななめ

「ああ……うん、まあそうだろうな……」

ベッドの端に腰《こし》かけたまま、傍《かたわ》らの時計に視線をやる。

午前零時《れいじ》五分。柊《ひいらぎ》慶太郎《けいたろう》はスマートホンを耳に当てたまま、短くため息をついた。

「わかるよ、わかるけど……いや、だからおれに聞かれても」

日付が変わったと知ってか知らでか、旧友の話はいつ終わるともしれない。

「あのさ幹太《かんた》、その話なら今度会った時にゆっくり――ひ、ぁっ」

遠回しに「切りたい」と伝えようとした瞬間、裸の背中を指で擽《くすぐ》られ、慶太郎は思わず声を裏返した。

「ああいや、なんでも……本当になんでもないって。女？　女なんているわけないだろ」

あははと大げさに笑いながら、慶太郎は背後の〝男〟を鋭く睨《にら》みつけた。

「とにかくその話は……そうだな……え？　だからその話は今度――」

言い終わる前に後ろから長い腕がぬっと伸びてきて、慶太郎の手からスマホを奪い取ると、目にも留まらぬ速さで通話を終了させた。

「おい、薫平《くんぺい》！」

憎らしいほどしなやかで長い腕の持ち主・戸之倉《とのくら》薫平は悪びれる様子もない。サイドテーブルに放り投げたスマホに向かって、「いい夢見ろよ～」と手をひらひらさせた。

「なに勝手に切ってるんだ」

「お困りのようだったので」

「誰が」

「慶太郎さんが。ため息ついたでしょ、ハッて。あれは『早く電話切って薫平と続きをしたいのに』のハッですよね」

「勝手な解釈をするな」

声がわずかに上擦《うわず》ったのは、一ミリの誤差もないほど図星だったからだ。薫平は微塵《みじん》も反省の感じられない口調で「あれ、違いましたか？」と小首を傾《かし》げ、慶太郎の背中の真《ま》っ直《す》ぐに窪《くぼ》んだラインを、さっきしたのと同じように指先で辿《たど》った。

「あっ……」

「慶太郎さん、背中感じやすいですよね」

弱いところを知り尽くされているから、こういう時始末が悪い。

「電話中にっ、そういうことをするな」

「すみませんでした。かけ直します？」

「こんな時間にかけ直したらかえって迷惑だろ、バカ」

ぶつくさ文句を言いつつ、内心はホッとしていた。そもそも深刻な内容の話なら、薫平は会話の邪魔をしたり勝手に通話を切ったりしない。電話の相手がふたりにとって気心の知れた友人・幹太だから、いたずら小僧のような真似《まね》をしたのだ。

「ならもう触ってもいいですよね。電話終わったし」

囁《ささや》くように尋ねる声は、返事を待つまでもなく〝続き〟モードに入っている。薫平の吐息がうなじにかかり、ざーっと肌《はだ》が粟立《あわだ》った。

「幹太のとこ、また出たんですか？」

「一昨日《おととい》の当直で、白い服着た髪の長い女性が非常階段を下りていくのを見たそうだ」

「またベタな。入院患者でしょう」

「踊り場ですーっと消えたらしい」

「わお」

くすくす笑いながら、薫平は慶太郎をそっとベッドに押し倒した。

「まさに階段の怪談ですね。先月は確かリネン室でしたっけ？」

「その前は放射線科前通路の突き当たり。で、その前は――……忘れた」

都内の総合病院に勤める幹太は、時折見てはならないものを見てしまうらしい。

医師、看護師、事務員、そして患者。病院という場所に関わる者にとって、その手の話は珍しくもなんともない。慶太郎自身は一度もお目にかかったことはないが、もし明日階段で幽霊に遭遇したとしても驚かない自信はある。

世の中には最先端の医学をもってしても救えない命がある。同じように現代の科学ではどうにも説明のつかないことがごまんとある。山ほどある。売るほどある。掃いて捨てるほどあるのだ。病院に幽霊が出たからといってそれがなんだというのだ。幽霊くらい出るだろう病院なのだから。廊下をマントヒヒが歩いていたら、そちらの方がよほどニュースだ。

「幽霊、オバケ、ゾンビ、宇宙人。どれに会っても俺、多分驚かないと思います」

薫平も同じらしい。それはそうだろう。彼もまた自分と同じように、この世の摩訶《まか》不思議をかき集めて凝縮したような現象を、こうして日々目《ま》の当たりにしているのだから。

「おれだって――ふぇっ、くちっ」

「なんて可愛《かわい》いくしゃみ」

「可愛いは褒め言葉じゃない。何度言ったらわかるんだ」

「裸で長電話するからです。早く温めないと風邪《かぜ》ひいちゃいます」

薫平がゆっくりと身体《からだ》を重ねてくる。腰にバスタオルを巻いただけの状態で、気づけば三十分も幹太の相手をしていた。

冷えた素肌に薫平のしっとりと温かい胸や腹が心地よい。

互いのタオル越しに、そこが触れ合う。

「あーあ。萎《な》えちゃってる。せっかく大きくしたのに」

残念そうに言われても困る。幽霊の話でビンビンというわけにはいかない。一方薫平のものは、突然三十分の待機を余儀なくされたにもかかわらず、しっかりと硬さを保っていた。

やはり四歳の年の差は大きいのだろうか。

「慶太郎さんの色っぽい背中を目の前にして三十分もお預けなんて、さすがに限界です」

薫平は慶太郎の胸元にすりすりと鼻先を擦《こす》りつけてきた。

「あっ……」

背中に回した手が双丘まで一気に下りてくる。

いつもより性急なやり方に煽《あお》られ、慶太郎も次第に高まっていく。

「いい匂《にお》い」

すんと鼻を鳴らしながら首筋を舐《な》められ、顎《あご》が上がった。

「っ……ん」

「慶太郎さん、首筋も弱いんですよね」

「うる、さい……いちいち」

「すみません」

謝りながら薫平は、首筋から鎖骨にかけてまんべんなく歯を立て、舌を這《は》わす。この年下男の犬コロめいた仕草が、慶太郎は嫌いじゃない。

「慶太郎さん、昔付き合っていた彼女に舐めてもらったことありますか」

ここ、と薫平はふたつ並んだ胸の突起を軽く摘《つま》んだ。

「んっ……なんだ、いきなり」

「前から気になってたんです」

「くだらない」

「あるんですか」

「ない」

「本当ですか」

「しつこいな」

女性経験がないわけではないが、そんなことをさせたことはない。他人のやり方を知らないのでなんとも言えないが、慶太郎はあっさりしすぎているらしい。「あなたのセックスって薬味を忘れたそうめんみたいね」と去っていったのは、何人目の彼女だったか。

「じゃあこの可愛らしいピンクの乳首を、弄《いじ》ったり舐めたり噛《か》んだり吸ったりしたことがあるのは、地球上で俺ひとりってことですね」

薫平は満足げにひとつふたつ頷《うなず》くと、なんの変哲もない、退屈そうに並んだ突起を交互に弄って舐めて噛んで、ちゅうっと吸い上げた。

「あっ……あっ、薫平」

「俺の……乳首」

お前のじゃないおれのだと心の中で毒づきながら、慶太郎は徐々に理性を手放していく。

薫平の愛撫《あいぶ》はマーキングのようだなと時々思う。この身体は俺のものだから誰も触るな。誰にも渡さない。そう主張していると錯覚しそうになる時がある。

そんなわけ、絶対にないのだけれど。

胸の粒を捏《こ》ね回されながら、兆してきたものを大きな手のひらで優しく愛撫される。

「やっ、あ……」

たまらず身を捩《よじ》ると、「逃げないで」と強く抱き締められた。

「上、出てきましたよ」

「わかって、るっ……んっ」

「下も出てきた」

〝それら〟が出てくる感覚はわりとはっきりあるが、言葉で説明するのは難しい。ざわざわ、むずむず、ずくずく。擬態語をいくら並べても表せない、何度味わっても慣れない感覚だ。

出てきたばかりの上をはむっと甘噛みされ、「あ、ん」と甘ったるい声が漏《も》れた。

「や……だ、そこ」

「慶太郎さんのやだは、もっとしての意味」

平坦な声でアクロバットな意訳を繰り出しながら、薫平は下の付け根を握った。

「あっ……ダメ、だ」

「この付け根のところが、一番感じるんですよね」

下の付け根は、敏感な後孔のすぐ近くだ。

触られると後孔の中がじんじんと疼《うず》くような気がして、必要以上に感じてしまう。

「ダメだって、言ってる、だろっ」

「はいはい。でもぴんとしてますよ。これが立ってる時は、甘えたい時らしいです。赤ん坊の時母親にお尻《しり》を舐めてもらった記憶が残っているからだって」

それは人間の話ではない。

「別に、おれはお前に、甘えたくなんかっ、アッ……」

「慶太郎さんが素直じゃない分、身体が正直だから助かります」

「ホントに、ダメ、なんだって……あぁっ」

「じゃあもっと触ります」

誠実の権化みたいな顔をして、実は性悪なのかそれとも単なるバカなのか。

悩んでいる間にいつも限界が来る。

「は……っ、あぁっ」

硬く勃《た》ち上がった中心の先端からは、透明な体液が溢《あふ》れている。

頼りなく揺れる後ろのそれを毛並みに添って撫《な》で上げられ、何も考えられなくなる。

「薫平、も、もうっ」

「イきそうですか?」

かくかくと頷くと、頭上のそれも揺れる。気づいた薫平が愛《いと》おしそうに撫でるから、余計に感じてしまい息が上がる。

「はっ、あ、あぁ……薫平」

「慶太郎さん……」

囁く声に余裕がなくなっている。腰のあたりに薫平の熱が押し当てられる。

熱くて、硬くて、まるで自分を欲しがっているようだ。

「薫平……くん、ぺい」

泣きそうな声で呼ぶ。ようやく前に回ってきた手のひらが、限界まで勃ち上がった慶太郎を擦り上げた。

「あ、ああっ！」

容赦のない愛撫に目蓋《まぶた》の裏が白む。

慶太郎は全身を突っ張らせ、あっという間に達した。

「俺も、イき、ます……っ」

びくびくと戦慄《わなな》く慶太郎の細い腰に、薫平もまた熱を吐き出した。

ふたり重なり合ったまま、しばし息を整える。

「よかったですか？」

終わると、薫平は決まったように尋ねる。

「まあ、わりと」

慶太郎も判で押したように答える。

本当は、わりとなんてもんじゃない。他の男との経験がないから比較はできないが、薫平のテクニックは相当なレベルなのではないかと思っている。

ともすると自制心を失い、落ちるところまで落ちてしまいそうな快感。

溺《おぼ》れるのは危険だと頭ではわかっているのに、自分から手放すことはできそうにない。

つれない返事に気分を害する様子もなく、薫平は立ち上がった。

「帰るのか」

「はい」

甘ったるいピロートークを期待しているわけではないが、あまりにもあっさりと離れていく体温に、時に物足りなさを覚える。

「もうこんな時間だぞ。たまには泊まっていけよ」

「ありがとうございます。でも帰ります」

思った通りの返答。これも毎度のことだ。

どんなに遅くなっても、薫平はこの部屋に決して泊まらない。窓の外が雨でも雪でも嵐でも吹雪《ふぶき》でも、必ず着替えて自宅に帰る。

肩、背中、腰、尻、長い両脚まで、しなやかで無駄のない筋肉に覆われた若い身体。ため息が出るほど美しい肉体がシャツやジーンズに隠されていく様を、慶太郎はベッドの上からぼーっと見つめていた。

「明日のカンファレンスの前に、ちょっと目を通しておきたい資料があるんです」

「バカだな。だったら最初に言え」

そうとわかっていたら、呼びつけたりしなかった。

いつもどんな時でも、薫平は慶太郎の呼び出しを断らない。断れる立場ではないと思っているのだろう。だからこそ、どこにいても何をしていても飛んでくる。

『当然のことです。こんなことになったの、何もかも俺のせいなんですから』

時折口にする台詞《せりふ》がおそらく彼の本音だ。そして多分、紛れもない事実。

「それじゃ、おやすみなさい。慶太郎さん」

「気をつけて帰れよ」

「はい。ゆっくり休んでくださいね」

にっこり微笑《ほほえ》み、薫平は出ていった。

ひとり残されたベッドで、慶太郎は小さく嘆息する。

さっき〝出た〟ものたちは上も下も、いつの間にかきれいになくなっていた。

「罪滅ぼしねえ」

反省。罪悪感。贖罪《しょくざい》。

自分と薫平を繋《つな》ぐ言葉たち。

その曖昧《あいまい》さに微妙な違和感を覚えながら、気づけばもう四年が経っていた。

慶太郎は修桜《しゅうおう》大学病院に勤める呼吸器外科の医師だ。六年前修桜大学医学部を卒業し、研修医を経て現在に至る。後輩の薫平もまた同じ修桜大学病院に勤務する二年目の研修医で、現在は小児科に配属されている。

薫平と知り合ったのは五年前、共通の友人・古橋《ふるはし》幹太を介してだった。高校の三年間同じクラスだった幹太は、成績こそ残念だったが陽気で社交的で、いつもクラスメイトに囲まれて笑っていた。成績は不動の学年トップ、プライドが高くついでに頭《ず》も高く、滅多なことで笑顔など見せない慶太郎とは、対極にいるような男だった。

他人に合わせるなんてまっぴら。孤立上等。そんなオーラを全開にしていた慶太郎に、寄ってくるクラスメイトはほとんどいなかったが、なぜだろう幹太だけは毎日のようになんやかんやと話しかけてきた。

なあ慶太郎この問題どうやって解くの？　あ、そっかわかった、サンキュ。お礼にこのガムやるよ――。そんな他愛もない会話を繰り返すうちに、距離が縮まっていった。それでも成績下位グループ常連の幹太が「俺も慶太郎と同じ修桜の医学部を目指す」と言い出した時は、さすがに無理だろうと思った。だから執念の四浪の後、幹太が念願の合格通知を手にした日は、一念は本当に岩をも通すのだと大いに感動したものだった。

学年が違えば広いキャンパスで顔を合わせることは少ない。少しばかり疎遠になりかけた幹太と病院近くのカフェで偶然会ったのは、慶太郎が研修医になった年の冬のことだった。いつものようにひとりでコーヒーカップを傾けていると、入り口から懐かしい声がした。

「慶太郎！」

バタバタと元気よく駆け寄ってきたのは、やはり幹太だった。

「久しぶりだな。元気だったか？」

相変わらず騒がしい奴《やつ》だと苦笑しつつ視線を上げた慶太郎は、幹太の後ろに立つ見知らぬ男に気づいた。

幹太もそこそこ長身だが、男はさらに数センチ大きかった。さらりと額にかかる前髪は少しだけ茶色がかった黒で、同じ色の瞳と相まって柔らかな印象を醸し出していた。ともすると幼く見えがちな濃紺のダッフルコートを、嫌味なく上品に着こなしている。

誠実、と筆で書いて額に貼ってある。丁寧に躾《しつけ》をされた育ちのよい大型犬が頭に浮かんだ。

「こいつ、同じクラスの戸之倉薫平」

幹太の視線に促され、眩《まぶ》しいほど爽《さわ》やかな笑顔を湛《たた》えた薫平が一歩前へ出た。

「初めまして。戸之倉です」

「……柊です」

無表情のまま六文字発し、すいっと横を向いた。初対面の相手に向かって笑顔を作るのは、慶太郎にとって三十段の跳び箱を跳ぶようなものだ。

幹太の友達なのだからと、それでも精一杯の愛想で答えたつもりだが、薫平に伝わるはずもない。真面目《まじめ》そう優しそう賢そうと三拍子揃《そろ》った文句の付けようのない目元に、困惑とも落胆ともつかない色が滲《にじ》む。

「慶太郎は別に怒ってるわけじゃないから」

幹太が早速フォローを入れる。長い付き合いだからこんな場面には慣れっこなのだ。

「いつもこんなだから気にすんなよ」

ポンと背中を叩《たた》かれた薫平は、苦笑混じりに頷いた。

「わかってます」

「は？」

わかっているとはどういう意味だと片眉《かたまゆ》を吊《つ》り上げると、薫平はひどく慌てた。

「ああ、すみません。わかってるっていうのはあの、多分そうなんだろうなぁってことで、あ、でも悪い意味じゃなく」

要領を得ない言い訳を、幹太が「まあまあ」と遮った。

「そんなことはどうでもいい。それより慶太郎、俺たち今から晩飯食いに行くんだけど、お前も一緒にどうだ」

「遠慮する」

「俺たちの仲で遠慮なんて」

お前といつどんな仲になったというのだ。こっちは初対面の人間と飯なんてゴメンなんだ
空気読めと、熱い視線を送ったが案の定幹太は解さない。

「薫平、慶太郎と一緒でもいいだろ」

「もちろんです」

誠実ワンコは勢いよくワンと吠《ほ》……もとい、頷いた。

「おれは」

もう一度、はっきり断ろうとすると、頭上で薫平が「ラーメン」と呟《つぶや》いた。

慶太郎はハッと顔を上げた。

「ラーメン食いに行きませんか。F町に先月できたラーメン屋、行ったことありますか？」

「……いや」

「俺もまだなんです。もしよかったら今から行きませんか。噂《うわさ》では激辛担々麺《げきからたんたんめん》がめちゃめちゃ美味《うま》いらしいんですけど」

――担々麺……激辛……。

ごくりと喉《のど》が鳴った。

「おい薫平、今日はとんかつ屋に行こうって話だったじゃないか。それにF町って遠い――」

「俺、車出します」

目を瞬かせる幹太を無視し、薫平はにこやかに続けた。

「帰りはお宅までお送りします。ね、行きましょう、柊さん」

うーんどうしようかなと考えるポーズなどしてみせたが、慶太郎の脳内はすでに美味そうに湯気を上げる熱々の激辛担々麺のことでいっぱいだった。

「まあ、そこまで言うなら」

仕方なさそうな口ぶりとは反対に、素早く本を閉じて鞄《かばん》にしまいコートを手に取り立ち上がる慶太郎を、幹太は呆然《ぼうぜん》と見つめていた。

この時薫平が「パスタ屋に行きませんか」と誘っていたら、その後の関係はなかったかもしれない。なぜなら慶太郎は無類のラーメン好きだからだ。熱ければ熱いほど、脂《あぶら》っこければ脂っこいほど、辛ければ辛いほど食が進む。一日三食週七日ラーメンでも平気なくらいだ。

だというのに修桜大付近には美味《おい》しいラーメン店が皆無だ。昼食は院内の食堂で済ませることが多いのだが、味噌ラーメンは麺がふにゃふにゃ、醬油《しょうゆ》ラーメンはスープが薄すぎる。ラーメンの風上《かざかみ》にも置けないラーメンばかりで非常にストレスが溜《た》まっていた。

薫平に紹介されたF町のラーメン屋は、久しぶりのクリーンヒットだった。熱々こってりの超激辛で、幹太は半分も食べないうちに「熱すぎ。辛すぎ。無理」と泣いていたが、慶太郎は大満足だった。ラーメンは上顎の皮が剝《む》けるくらいがよい。

もう一度食べに行きたいなと思い始めた頃、タイミングよく薫平から連絡が入った。また泣かれても困りますよねと薫平が言うので幹太は誘わず、以来ふたりで何度かF町を訪れた。激辛熱々脂ぎとぎとのラーメンを豪快に啜《すす》る姿を、美しい絵画でも愛《め》でるように見つめられるのには辟易《へきえき》したが、薫平と過ごす時間はおおむねとても心地よかった。

ぺらぺらとしゃべりすぎる相手は苦手だし、かといってあまり無口でも間が持たない。軽すぎる話題ばかりだと飽きるし、重すぎるのも苦痛だ。ボケるのも突っ込むのも不得意で、だけどエスプリの利いた会話は嫌いじゃない。他人との関わりや距離感が尋常でなく面倒臭い自覚はあったが、信じられないことに薫平はほぼすべてを自然にクリアしていた。

気の置けないという点では幹太も同じだったが、薫平は圧倒的に気遣いが細やかだった。少し冷えてきたなと思うと、頼んでもいないのに温かい缶コーヒーを買ってくる。テレビに映る映画の予告を「面白そうだな」と思って観ていると、翌日にはチケットを手に「二枚もらったので一緒に観に行きませんか」と誘ってくる。もらったと言いながら実は薫平が自分で購入していることには気づいていた。

年上の自分に対する過剰な気遣いなのか、それとも読心術でも使っているのか、そもそもなぜこんなに懐いてくるのか。真相はわからないまま、いつの間にか薫平は忠犬よろしく慶太郎の傍らに侍《はべ》るようになっていた。

ある日、高校時代同じクラスだった女性から「食事でもどう?」と突然連絡があった。数日前幹太から、彼女が自分の連絡先を知りたがっていると電話があった。「教えていいか」と聞かれ、忙しかったのであまり深く考えず「ああ」と返事をしてしまったのだ。

それほど親しかったわけではないが、彼女のことは覚えていた。学年一可愛くて、学年一モテたからだ。どんな美しい女性に成長したのか、少しばかり興味が湧いたが、結局慶太郎は彼女に会うことなくその誘いを断った。

理由は自分でもよくわからなかったが、なんとなく面倒だったのだ。気づかないうちに「用のない休日は薫平と過ごす」のがマイルールになっていた。何をするというわけでもなくふたりでまったりと過ごす休日に、思うより癒《い》やしを感じていたのだと思う。

断りの電話を陰で聞いていたらしく、薫平は複雑な顔をした。

「同級生から食事に誘われたんですよね」

「ああ」

「断ったんですか」

「ああ」

「どうしてですか」

「面倒だから」

「すごく可愛い女子だったんですよね？」

「今も可愛いかどうかは知らない」

「十八で可愛かった子は、今も可愛い確率が高いです。どうして断ったんですか？」

じりじりとにじり寄ってくる薫平の瞳には〝真剣〟と書いてあった。

「わかった。さてはお前、付いてこようと思っていたな？」

「え？」

「あわよくば、可愛い彼女を紹介してもらおうと――」

「ち、違います！」

薫平は、珍しく動揺したように激しく頭を振った。

「全然違います。俺は、そういうんじゃなくて、つまり、慶太郎さんが、その」

「お前だって先月、同窓会欠席してたじゃないか」

「あれは、俺は同窓会とか苦手だから……」

「おれも久しぶりの同級生と食事とか苦手なんだ。お前と同じだ。それよりお前、来週何か用事あるか」

薫平は、いいえと首を振った。

「この部屋、ちょっと模様替えをしたいんだ。本棚が手狭になったから大きめのに買い替えて、そっち側の机と場所を交換したい。手伝ってくれると助かる」

薫平は驚いたように目を見開いた後、小さく頷くと「喜んで」と呟いた。

せっかくの休みに模様替えの手伝いを頼まれて、喜ぶ人間はいない。やはり薫平は少し変わっている。

「薫平さぁ」

出会った頃からずっと、不思議に感じていたことがある。

「おれなんかといて、何が楽しいんだ」

「なんかってなんですか。楽しいですよ。めちゃくちゃ」

「変わってるって言われるだろ」

言われませんよと薫平は笑った。

「見ているだけで幸せなんです。柊さん、なんていうか、気高くて上品で、そうですね、たとえていうなら気位の高い猫みたいというか」

「猫？」

「道行く人が二度見する美しい猫です。血統書付きの」

「猫が好きなのか」

「そういうことじゃなくて」

苦笑する薫平に「変な奴だな」と苦笑で返したのは、数日後に起きる悲劇を知らなかったからだ。今にして思えばこの時の喩《たと》えこそが、悪夢の幕開けだった。

模様替えの一週間後、慶太郎は薫平の部屋にいた。「組織学の試験範囲にわからないところがある」と言うので教えに出向いたのだ。勉強を見てやったらすぐに帰るつもりだったが、薫平は例によってあらん限りの心遣いで慶太郎をもてなし、夕食の材料を買ってくるとひとりで出かけていった。

夏の夕方、近くの電柱で蝉《せみ》がじーじー鳴いていた。

ふと喉の渇きを覚えた。

『冷蔵庫の飲み物、なんでも自由に飲んでいいですからね』

出がけの薫平の笑顔を思い出し、冷蔵庫を開けた。

ミネラルウォーター、お茶、炭酸飲料、アイスコーヒー。どれにしようかと迷い、奥の方に入っていた小さなボトルのお茶を選んだ。五〇〇mlのボトルを開けて、飲み残しては悪いと思ったからだ。

キャップを捻《ひね》った時、未開封にしては抵抗が弱いような気がしたがあまり気にしなかった。

ひと口ごくんと飲み込んだその直後。

――ん？

味に違和感を覚えた。いや、違和感などという生易《なまやさ》しいものではない。とてつもなく不味《まず》かった。およそこの世のものとは思えない衝撃的な不味さに顔が歪《ゆが》んだ。

「なんだ？」

ラベルを再確認するが、やはりただの緑茶だ。しかしそこに書かれているような『初摘《はつづ》み茶葉がたっぷり！　淹《い》れたてのコクと薫《かお》り』は一切感じられなかった。強いて言うなら、祖母が長年に亘《わた》って飲んでいた薬用長命酒と葛根湯《かっこんとう》をブレンドし、そこへ古池の水を混ぜたような味だ。古池の水を飲んだことはないが、鼻腔《びこう》に抜ける生臭い匂いが、通っていた小学校の片隅にあったひょうたん池を思い出させた。

「なんだこれ……」

あまりのことに呆然としていると、玄関が開いた。

「ただいま。暑いから冷やし担々麵にしようかと思って——あっ」

慶太郎の手にあるボトルに気づいた薫平は、レジ袋を持ったまま軽く目を剝いた。

「それ、飲んじゃったんですか」

「お前が勝手に飲んでいいと言ったから」

「どうしてわざわざ一番奥のを取ったりしたんですか」

「どれを飲んでもいいと言った」

「言いましたけど」

苦笑しつつ、薫平は慶太郎の手からボトルを受け取った。

「で、どんな味でした?」

「どんなって」

「不味かったでしょ」

やはり中身は緑茶などではないのだ。でもって薫平自身は口にしておらず、しかし内容物の詳細については知っている可能性が高い。

「なんなんだ、中身」

慶太郎は、薫平の手に渡った謎《なぞ》のボトルを指さす。

薫平は「えーっと」と少し困ったように頭を掻《か》いた。

「心配しないでください。身体に害を及ぼすようなものは入っていませんから。百パーセント生薬です。それもごく薄い」

生薬と聞いて少し安心した。長命酒の味がしたのはおそらく朝鮮人参《ちょうせんにんじん》、葛根湯の風味は葛根や桂皮《けいひ》、芍薬《しゃくやく》といった漢方の成分だと推測される。

「漢方か」

「そんなところです」

「悪かったな、お前の薬飲んじゃって」

「いえ、こんなところに入れておいた俺が悪いんです」

「体調でも悪いのか」

「いえ、ちょっと実験的に作ってみたんです。幹太と」

「幹太と？　ああ、なるほど」

幹太の実家が漢方薬局だったことを思い出した。

四つ年上の同級生を、薫平は幹太と呼び捨てにする。最初はかなり抵抗したらしいが『四

浪だからって差別している』と拗《す》ねられ、仕方なく呼び捨てをすることになったらしい。

「桂皮とか麻黄《まおう》なんかはすぐ手に入ったんですけど、なかなか手に入らないものもあって」

買い物袋からきゅうりやトマトを取り出しながら、薫平はなにやら可笑《おか》しそうにクスッと笑った。

「そんなに珍しいものが入っているのか」

「珍しいというか……あ、柊さん、麵は硬めでいいですよね」

「話を逸《そ》らすな」

目を眇《すが》めながら睨みつけると、薫平は肩を竦《すく》め、「霜《そう》です」と小声で言った。

「霜？　聞いたことがない」

「知らない方がいいかと」

「知らない方がいいようなものを、お前は俺に飲ませたのか」

「飲ませたって、柊さんが勝手に」

薫平の至極もっともな言い分を、居合い切りのような視線で切り返した。

「言え。霜ってなんだ」

「怒らないって約束してくれますか？」

「しない。場合によっては激怒する。絶交だ」

「なら言えません」

「言え。吐け」

しばしの押し問答の後、薫平は諦めたように呟いた。

「イモリです」

「はっ？」

一瞬、聞き間違えたのかと思った。

「イモリの黒焼きです」

「黒……」

「それだけ手に入らなかったので、連休に奥多摩《おくたま》の沼で捕ってきて、干して黒焼きにして粉末にしたものを──あ、ちょっと慶太郎さんっ」

聞いているうちに胸がムカムカしてきた慶太郎は、トイレに駆け込んだ。「吐け」と凄《すご》んで一分も経たないうちに自分が便器に顔を突っ込むことになるとは思いもしなかった。

「大丈夫ですか」

「大丈夫なわけないだろっ、うおぇっ」

薫平がすまなそうに背中をさする。

「だから知らない方がいいと」

「うるさい！　おえぇっ」

実際に嘔吐感《おうとかん》はないから、胸がむかつくのは心理的なものなのだろう。自分の胃の中にイ

モリの黒焼きがあるなんて、想像しただけで吐きそうなのに、吐き出すことができないから
どうしようもなくイライラする。

最後の手段だと、喉奥に指を突っ込もうとすると薫平に手首を摑《つか》まれた。

「無理に吐き出さない方がいいです。胃酸で食道がやられますよ」

「わかったようなことを言うな」

「イモリの黒焼きはれっきとした漢方です。そんなに心配しなくても――」

「そういう問題じゃない！」

「柊さん、イモリ苦手なんですね。なんかちょっと可愛いというか」

へら、と嬉《うれ》しそうに頰《ほお》を緩める薫平の腹に、肘鉄《ひじてつ》をひとつ食らわせた。

「痛《い》て」

「し、死んだらどうするんだ」

「死にません。だって柊さん、ちゃんと息してるでしょ」

「イ、イモリになっちゃったらどうするんだ！」

「なりませんよ」

笑いをこらえているのがわかって、余計に腹が立った。

「そんなこと、どうして断言できるんだ！」

「マムシドリンク飲んでマムシになった人がいますか？　えびせん食べてエビになった人が

いますか？」

「人ごとだと思いやがって――あっ」

息巻いていると、おもむろに伸びてきた長い腕にくるまれるように抱き寄せられた。

「ごめんなさい。俺の不注意で嫌な思いさせちゃって」

右耳で薫平の鼓動を、左耳で囁きを聞いた。

早鐘のように鼓膜を叩く心臓の音と、いつになく神妙な謝罪が、この後ぶつける予定だった罵詈雑言《ばりぞうごん》を一瞬で霧散させた。

「俺のせいです。本当にすみませんでした」

「……………」

そんなふうに素直に謝られると、いい大人《おとな》がこんなことでパニックを起こしていることが急に恥ずかしくなってきた。だいたい扉のポケットには何本もの飲み物が並んでいたのに、隠すように奥に置かれていたペットボトルをわざわざ選んで飲んだのは自分なのだ。

「どうしても心配だったら、今夜うちに泊まってください」

「……え」

「そうすれば万が一お腹《なか》が痛くなったりしても、俺が傍《そば》にいてあげられるし」

ね？　と耳元で囁く低く甘い声。

薫平の声はいつも慶太郎に安らぎを与えてくれるのだが、この時はなぜだろう、胸の奥が妙にざわざわとした。

「落ち着くまで、もう少しこうしていましょうか」

労《いたわ》るように背中を撫でられ、思わずこくりと頷いてしまった。

大きな手のひらに触れられた場所が、じんと熱くなる。

――薫平……。

薫平はいつだって優しい。すぐに感情が顔に出てしまう自分より、よほど人間ができている。だからつい四つも年下だということを忘れて、わがままを言ってしまう。

甘やかされている自覚は大いにある。けれど、この日は何か変だった。

薫平の手のひらが髪を撫でる。

うっとりするような心地よさの裏側で、わけのわからない心のざわめきを感じた。

「柊さんの髪って、柔らかくてきれいですよね。さらさら」

「……そうなのか」

自分の髪質に興味などないが、薫平が褒めてくれるとなんだか嬉しい。

嬉しいと思った途端、ざわめきがまた強くなる。

――なんだろう、この感じ。

こんな感情、感覚を、慶太郎は知らない。

ふわふわするような、ドキドキするような……。

「……ん？　なんだこれ」

ふわふわドキドキに身を任せていると、髪を撫でていた薫平の手が不意に止まった。

「わっ、み……うわあ！」

尋常でない叫びを上げ、薫平は床に尻もちをついた。

その目に浮かんでいるのは恐怖、あるいは驚愕《きょうがく》、あるいは怯《おび》え。

「ど、どうしたんだ」

冷静を装っても声が震えた。

あきらかに何かよくないことが自分の身に起きたことだけはわかった。

「まさかおれ、本当にイモリになったとか？」

渾身《こんしん》のジョークを、薫平はふるふると首を振って否定した。顔から血の気が引いている。

「み、み、みっ」

「み？」

「みみ……」

「みみ？　耳がどうかしたのか」

まさか耳がなくなってしまったのかと慌てたが、両側ともいつもの場所にちゃんとあった。

「あるじゃないか」

イモリにはなっていない。耳はある。一体薫平は何に戦《おのの》いているのだろう。

視線は頭頂部に注がれている。慶太郎はさっきまで撫でられていたその場所におそるおそる手を伸ばした。

「なっ……！」

――なんだこれは。

人間である以上、決してあってはならないものが、そこにあった。

慶太郎は踵《きびす》を返し、洗面所に駆け込んだ。

「う……そ」

左右の頭頂部に、自分の髪ではない獣の毛に覆われた、三角形の耳が載っている。

取り除こうと引っ張ってみて気づいた。感覚がある。神経が通っているのだ。

つまり耳はただ載っかっているのではなく、頭から生えているのだ。

「み、み、みみ……猫の、耳――」

すーっと血の気が引いた。

薫平の叫び声を遠くで聞きながら、慶太郎は意識を手放した。


『柊先生、早く辞表を提出してください』

『なぜですか科長。理由をおっしゃってください』

『決まっているじゃないですか。耳ですよ、その耳！』

科長は汚らわしいものを見るように、ぐにゃりと表情を歪めた。

『猫耳が生えた医師に患者さんを任せられると思いますか？　あなたは普通の人間じゃないんです。猫人間なんです。当院は猫人間を医師として認めません』

『科長、ちょっと話を聞いてください』

『猫の話など聞く暇はありません。あなたはクビです。すぐにここから出ていきなさい』

『ちょっと待ってください！』

「科長！　――うわあっ！」

飛び上がるように目を覚ました。

――またこの夢。

午前四時半。呼吸を整えながら頭頂部に両手をやる。耳が生えていないことを確認し、慶太郎はふたたびベッドに身体を沈めた。もうひと眠りできる。

イモリの黒焼き入りドリンクを飲んで猫耳が生えてから、気づけばもう四年になる。定期的に見る「猫耳がバレてクビになる夢」は、幸い今のところ現実になっていない。

あの日洗面所で失神した慶太郎は薫平のベッドで目覚めた。猫耳は跡形もなく消えていた。もしかして夢だったのではないかと一縷《いちる》の望みを抱いたが、最上級に神妙な薫平の様子に願いは脆《もろ》くも打ち砕かれた。

『きっとまた生えてくる』

予感というより、確信に近いものがあった。

『終わりだ。おれの人生、もう終わりだ』

涙がひと筋頬を伝った。絶望する慶太郎の前に、薫平がひれ伏した。

『すみません。本当に申し訳ありません。責任は全部俺にあります』

慶太郎は首を横に振る。

『お前のせいじゃない』

誰の責任かなんてどうでもよかった。

『命に替えてもこの責任を取ります。取らせてください。柊さんのためなら俺、なんでもします。どんなことがあっても俺が守るって約束します』

だから泣かないでくださいと抱き締められた。

放心したまま、ひとつふたつ小さく頷いたことを朧気《おぼろげ》に覚えている。

人より多少勘が鋭いのか、慶太郎の経験上悪い予感というのは大概的中する。予想を覆すことなく、猫耳はその後しばしば現れるようになった。ひと月ほど経った頃だろうか、慶太郎は猫耳が決まった条件の下で出現することに気づいた。

怒る、泣く、笑う、怯えるなど、感情を昂《たかぶ》らせると決まって左右の頭頂部にむずがゆいような感覚が走り、ほどなく忌《い》まわしい三角形が現れる。感情の昂りが、猫耳出現のスイッチらしいことがわかったのだ。

己《おのれ》の未来に、ひと筋の光を見た思いがした。要するに人前で感情を昂らせないようにすればいいのだ。少々ムッとしたりクスッと笑ったくらいでは耳は出てこない。激怒、号泣、爆笑などを徹底的に回避し、平常心を保っている限り猫耳が現れることはない。

たとえば「にっこり」「クスリ」「ふふふ」「あはは」まではセーフだが「わははははは」になるとアウトだ。病棟だろうが往来だろうが、容赦なく猫耳が飛び出す。幸いなことに慶太郎は怖がりでもないし涙もろくもない。職場の環境上大笑いするような場面は少ない。主に管理しなければならない感情は、怒りだった。

極端にキレやすい方ではないが、導火線がさほど長くない自覚はある。怒りの噴火点を百とすると、九十前後まではわりと頻繁に達する。悪いことに八十五を超えたあたりから頭頂部がむずむずし出す。実際に「ふざけんな！」と怒鳴らなくても、心の中で「ふざけんな、いい加減にしろよ」とムカムカ呟くことも、極力控えなければならなかった。

人と接しなければいいのだが、残念ながらそうはいかない。患者やその家族はもとより、同僚、上司、後輩——医師は日々人と接する仕事だ。幸い医局にもナースステーションにもトイレが隣接しているから、怒りのメーターが上昇しそうになった時は、腹痛を装ってトイレに駆け込むようにした。

半年ほどは、始終能面のような表情で神経をすり減らしていたが、徐々にコツを覚え、今ではかなり上手《うま》く感情をコントロールできるようになった。

「おはようございます、柊先生」

「柊先生、おはようございます」

医局に着くなり、同僚や看護師たちから次々に声がかかる。

「おはようございます」

にこやかに答えながら、慶太郎は欠伸《あくび》を嚙み殺した。明け方の夢のせいで頭がぼーっとしている。外来の診察が始まるまでに脳を覚醒させるべく、ドリンク剤を勢いよく呷った。

雨の日も風の日も微笑みを絶やさず、決して怒らず、患者の話には真剣に耳を傾け、酒の席で乱れるようなことは決してしない。学生時代、愛想の欠片《かけら》もないだのツンデレ（デレなし）だのと陰で叩かれていた慶太郎だが、今や穏やかで物わかりのよい先生だと内外からもっぱらの評判だ。

無論時にはカッとなることもある。一度手術中にスタッフが手順を誤り、一瞬で頭に血が上ったことがあった。あっいけないと思った時には猫耳が飛び出していた。冷や汗が背中をだらだらと流れ、ああこれで万事休すかと天を仰《あお》いだが、手術帽を被《かぶ》っていたため誰にも気づかれずに済んだ。今思い出しても足が震える恐怖の体験だった。

そりの合わない同僚もいる。わがままな患者に当たることもある。ストレスが募らないと言えば嘘《うそ》になるが、そんな時はトイレの個室に籠もって煮干しを囓《かじ》る。

『イライラを溜めないためにはカルシウムですよ、慶太郎さん』

小学生でも知っているような知識に基づき、薫平が大量の煮干しを買い込んできたのは猫耳出現から二ヶ月後のことだった。ふたりきりの時『柊さん』ではなく『慶太郎さん』と呼ぶようになったのもその頃だった。

猫に煮干しとかふざけてんのか！　と怒鳴ったその口に煮干しを放り込まれ、やむにやまれず咀嚼《そしゃく》して驚いた。心のさざ波がひと噛みごとに静まっていくのだ。味も悪くない。というか煮干しってこんなに美味かったっけと首を傾げながら、なんだか薫平にしてやられた気がしたものだった。今ではデスクの引き出しに煮干しがないと不安になる。

午前の外来診察を終えた慶太郎は、先輩医師・鯨岡《くじらおか》から託された封筒を携え、三階にある地域医療連携センターへ向かった。封筒の中身は、他院へ転院することになった患者のために鯨岡が用意した紹介状と治療経過のデータだ。相談員を介して患者の家族に手渡されることになっている。

センターのドアは半開きになっていた。相談員の女性たちの話し声が漏れ聞こえる。

「そうなんですよ。『隣空いてますか』って聞かれて『どうぞ』って見上げたら、なんとなんとぴーちゃん先生だったんですよぉ」

飛び出した名前に、慶太郎はノックしようとした手を止めた。

「それはラッキーだったわね」

「はい。今月の運、全部使い果たした気がします」

どうやら昨日食堂で相席した女性職員は、ここの相談員だったらしい。

「ぴーちゃん先生、人気あるものね」

「彼女とかいるのかなあ」

「さあ。でもモテそうよね。優しくて気品のある超イケメンの外科医。この間手術を終えられた患者さんが『柊先生は菩薩《ぼさつ》さまのようだ』っておっしゃっていたわ」

「いつも穏やかですよねー。外科医独特の荒っぽさがなくて。ぴーちゃん先生が怒ったところ見た人、いないですよね」

いないいないと、何人かが一斉に同意する。

怒らないのではなく怒れないのだと、慶太郎はドアの前で脱力した。

「そういえば、柊先生ってどうしてぴーちゃん先生なんですか？」

尋ねる声に、慶太郎は余計なことをと舌打ちする。

「柊だから、ひーちゃんで、それが転じてぴーちゃんになったんじゃないんですか？」

「それが違うのよ。あのね、本当は——」

慶太郎は一旦待避とばかりに踵を返した。

自分が陰でぴーちゃん先生と呼ばれていることは知っている。柊だからぴーちゃんなのだろうと大半の職員は解釈しているが、実はそうではない。

猫耳が飛び出しそうになった時、あるいはイライラを鎮めるため、しばしばトイレの個室に籠もる。柊先生はお腹が弱いらしいという噂が広まり、いつしかぴーちゃん先生という呼び名が定着していた。

もっとも正面切ってぴーちゃんと呼ぶ猛者《もさ》はいない。

ひとりの男を除いては。

「おう、ぴーちゃんお帰り。お遣いご苦労さん」

医局の古いソファーから、鯨岡がむくっと起き上がった。

「遅くなりました」

「なんかトラブったのか」

「大丈夫です。紹介状とデータ、田中《たなか》さんのご家族が午後から取りにいらっしゃるそうです」

「了解」

今年三十六歳になる鯨岡は、慶太郎と同じ呼吸器外科の医師だ。気力、体力、知力、生命力、とにかく全身の毛穴から力という力が溢れているような男だ。外科医としての技術力も非常に高く尊敬に値する。鯨岡の方も自分には一目置いてくれているようで、何かにつけ目をかけてくれるのだが、そのかけ方に少々問題があった。

「なあぴーちゃん、そろそろ『はい』って言ってくれよ」

「なんのお話でしょう」

「わかってるくせに。飲みに行こうって話だよ。今夜あたりどうだ？」

「残念ながら予定が」

「そう言っていつも真っ直ぐ帰るじゃないか」

「いろいろとやることがあるんです。掃除とか洗濯とか」

「ぴーちゃんにとって俺は、ホコリやパンツ以下の存在なのか」

鯨岡は大仰《おおぎょう》に嘆いてみせる。このしつこい誘いさえなければ、本当にいい先輩なのだ。

「ったくつれないなぁ。いいじゃないか一回くらい付き合えよ。今、彼女いないんだろ？」

こんなことなら「いる」と嘘をついておけばよかった。

「ですから何度も申し上げているように、飲めないんです」

「学生時代は結構飲んでたんだろ？」

酒の席が好きかと聞かれればNOだが、アルコールを受け付けない体質ではない。酔って理性が利かなくなって猫耳が飛び出す心配などしなくてよかった頃は、それなりに飲みにも行った。

「誰から聞いたんですか」

「元カノのカンナちゃん」

「カンナ？　……ああ」

確か二つか三つ年下だった。二度ほど飲みに誘われたが、会話が弾まず三度目はなかった。

そういう関係でも元カノと言うのだろうか。

「あんな可愛い子を振るなんて、そちも相当のワルよのお」

「こっちが振られたんです」

「庇《かば》うあたりが優しいよなあ、ぴーちゃんは。頼むから俺にも優しくしてくれ」

いつの間にか背中に張りついていた鯨岡を、キッと睨み上げた。

「いいねえ、その冷たい目。ぴーちゃんってさ、上手《じょうず》に隠してるけど本当はすげー強気だろ」

「……え」

予想外の鋭い指摘に、慶太郎は思わずたじろぐ。

「にっこり微笑むその仮面の下に、時々ひんやりしたものを感じるんだよなぁ。氷の女王さま、みたいな？　まさに俺の好みだ。ドンピシャだ。なのにぴーちゃんときたら——あ、くそ、なんだこんな時に」

運良く鳴り出した鯨岡のＰＨＳに助けられた。

——まったく。

トイレの個室に飛び込むや、慶太郎はポケットから煮干しを取り出しカミカミした。

何が俺の好みだ。何がドンピシャだ。まるで女性を口説《くど》いているみたいだ。

二度デートしただけのカンナを含めるかどうかは別にして、過去には付き合った女性も何人かいたが、長くは続いたことはなかった。修桜大医学部生という肩書きと、薫平の言うところの「血統書付きの猫」的な見た目は、異性を惹《ひ》きつける強いオーラとなったようだが、互いの本質を理解し合おうとする段になると、結局邪魔にしかならなかった。

何度か同じことを繰り返すうち、恋愛が面倒になった。仕事が忙しくて色恋どころではなくなったこともあり、ここ数年は特定の相手のいない暮らしが続いている。

猫耳が出るようになってからは、女性とふたりきりになることすらなくなった。当然セックスからも疎遠になってしまったのだが、実のところ慶太郎はちっとも困っていない。

あれは猫耳出現から三ヶ月ほど経った夜のことだった。

自宅でひとり寛《くつろ》いでいた慶太郎は、久しぶりに下半身の火照《ほて》りを覚えた。考えてみれば猫耳体質になって以来緊張の連続で、一度もそこに触れていなかった。

——そろそろ抜くかな。

ずいぶん前、いらないと言ったのに幹太が置いていったエッチな写真集をパラパラ捲《めく》りながら処理を始めた。触れれば反応する。男の性だ。

深夜のベッドでひとり、一抹の寂しさと闘いながら妄想に耽《ふけ》っていると、ふと尾てい骨のあたりにむずむず感を覚えた。猫耳が出る時と同じような違和感だった。気のせいだろうと行為を続けたが、むずむずは消えないどころかどんどん強くなり、そこからふるんと何かが飛び出した。

——まさか。

頭には耳。とすると尻から出てくるものといえばアレしかない。

――でもまさか。

人生史上最大の嫌な予感が、大きな波になって「まさか」を呑《の》み込んでいく。

恐る恐る震える手を後ろに伸ばしてみると。

『……っ‼』

この時の衝撃を、慶太郎は死んでも忘れはしないだろう。

『しっ、しし、しっ、ぽっ、しっ、し……』

呼吸が止まるほどの驚愕に、あろうことか耳まで飛び出した。

『な、な、な、んでっ』

今すぐ死んでしまいたい気持ちをこらえ、気づけば薫平に電話をかけていた。

数分後、タクシーで飛んできた薫平の顔を見るなり、慶太郎は号泣した。

『もう終わりだぁ！　今度こそ終わりだぁ……耳だけならともかく、尻尾《しっぽ》まで……』

頭には耳、尻には尻尾、顔は涙と鼻水でぐちゃぐちゃ、ズボンもパンツも穿《は》けず剝き出しのままの下半身を、仕方なくバスタオルで覆っている。そんな世にも情けない姿の自分を、薫平はしっかりと抱き締め『大丈夫。俺がいますから』と百回以上繰り返した。

涙が涸《か》れかけた頃、ようやく薫平が事情を尋ねてきた。

溜まったので抜こうとしていたと正直に答えられず沈黙を通していたが、聡《さと》い男はベッドの上に開かれたままの写真集を一瞥《いちべつ》し、すべてを察したようだった。

『慶太郎さん。俺に任せてください。耳と尻尾、今ここで俺が消してあげます』

『ほ、本当か』

薫平は力強く頷いた。

曰《いわ》く性的興奮も感情の昂りのひとつなのだから、興奮を鎮めることが解決の道だという。

『でもおれの、もう……』

大人しくなっているぞと視線で訴えた。

『そこが萎えていても、身体の奥に燻《くすぶ》っているものがあるんじゃないかと思うんです。慶太郎さん、ずっと抜いてなかったんじゃないですか？』

無言で俯《うつむ》いたことが答えだった。

『大丈夫。俺に任せてください』

『任せるって？』

『いろいろ考えちゃダメです。目を瞑《つぶ》っていればすぐ済みますから』

『す、済むって、薫平お前、何する気だ』

思考停止に陥っている慶太郎をよそに、薫平は平然とバスタオルを外しにかかる。

『高校ん時とかしませんでしたか？　俺、運動部だったんですけど時々男同士で「お互いに抜いちゃう？」とか』

『そ、そんなこと、あるのか』

『やっぱり箱入りですね、慶太郎さんは。あるんですよ、ノリで』

『そ、そうなのか』

慶太郎には部活動に所属した経験がない。県大会だインターハイだと汗みずくになっている運動部員たちの間に、そんなめくるめく世界があったなど知る由《よし》もなかった。

『なんならそこの写真集でも見ていてください』

『あ、薫――うわっ』

抵抗する暇もなかった。写真集も必要なかった。慶太郎は薫平の手によってどんどん高みへと連れていかれ、あっという間に達した。

息が整うのを待っていたように、耳と尻尾はその姿を消した。

恥ずかしさと情けなさにもみくちゃにされながら、ようやく駆けつけてくれたことへの礼を告げると、薫平はまるで年上の紳士ように落ち着いた笑みを浮かべ、言った。

『当然のことです。こんなことになったの、何もかも俺のせいなんですから』

『何もかもってわけじゃ』

『こんな状態じゃ慶太郎さん、彼女とか作るの難しいですよね』

『それは……』

『本当に、どうやってお詫《わ》びすればいいのか、俺』

薫平は辛《つら》そうに眉を顰《ひそ》め、唇《くちびる》を噛んだ。

真摯《しんし》な気持ちが伝わってきて、慶太郎まで胸が痛んだ。

『また今夜みたいになった時、というかそうなりそうな時は、俺を呼んでください。いつでもどこでも何をしていても、速攻で駆けつけますから』

『けど』

『どんなことがあっても秘密は守ります。もし俺を信じられなくなったら、変なクスリを飲まされていいかがわしいことをされたって、警察に訴え出てもらってかまいません』

『……………』

『俺を信じてください。責任、取らせてください』

見つめる瞳の熱に薫平の本気を感じ、慶太郎は頷いた。

それからというもの、週に一度は薫平を呼び、処理を手伝ってもらうようになった。元々慶太郎は淡泊な方で、してもしなくてもいいような時は、面倒なのでしない。ところが大混乱の中で薫平に触れられた日から、なぜか処理の必要性を感じる頻度が上がった。

多分、いや、あまり認めたくはないが、間違いなく薫平は上手かった。

——意外だったよな……。

三本目の煮干しを噛みしめながら、慶太郎は遠い日を思い出し、トイレの四角い天井を見上げた。

傍にいると、ミントのタブレットでも口にしたような清涼感が漂ってくる。激辛こってりラーメンに汗しても「なんで?」と首を傾げたくなるほど爽やかだ。そんな薫平が、慶太郎の身体に触れた瞬間、エロ犬に豹変《ひょうへん》する。

慶太郎さん、どこが一番感じますか? ここ? それともこっちですか? 両方一緒に弄ったらすぐイッちゃいそうですね、えへへ――。何が嬉しいのか、まるで恋人にするような愛撫を施し、べたべたと慶太郎を甘やかす。

当初こそ毎日のように、誤飲したドリンクには何と何を入れたのかよく思い出せと薫平を問いつめていたが、次第に面倒になった。成分がわかったところでそれが解決に繋がる可能性は低い。一生恋人が作れなくてもこうして薫平がいてくれれば……などと本末転倒な考えに至ってしまうほど、薫平は優しかった。

甘やかされすぎて時々、こいつおれのこと好きなんじゃないだろうかと思うこともあるが、最後まで求められたことは一度もない。それどころか泊まっていったことさえないのだから、薫平の行為の根底にあるのはやはり、責任感なのだろう。

――クソ真面目だからな。

昼間は真面目な彼がベッドに入ると一変。

恋人同士ならギャップに萌《も》えまくるところなのだろうけど……などと埒《らち》もないことを考えているうちに、口の中の煮干しがなくなった。

そろそろ戻ろうと、個室の鍵に手をかけたところで誰かが入ってきた。

「五歳だろ？　夢でも見たんだろ」

「夢じゃないよ、絶対に見たんだ、どうして誰も信じてくれないの！　って廊下で地団駄踏んで騒いでたんだ」

「看護師の気を惹きたかったんじゃないのか？　ガクくん家、父子家庭なんだろ？」

会話の主は小児外科の医師たちらしい。出ていくタイミングを逸した慶太郎は、仕方なく狭い個室の壁にもう一度背中を預けた。

「嘘をついて周囲の気を惹こうとするタイプの子じゃないんだけどなあ、ガクくん」

「どんなにしっかりしているように見えても、子供は子供だ。手術も入院も初めてだったんだから、多少はナーバスになるさ。そういや前にもいたな、見えないものが見えちゃった子」

「やっぱり猫耳ですか」

「違う。確か『コップの中に、ちっちゃいおじいちゃんがいたのー』的な話だった」

「あはは、可愛いですね」

「だろ？　少なくとも、猫耳の生えた男の医者よりは可愛い」

「ですね」

「ところで明後日《あさって》の懇親会なんだけどさ」

バタンとドアが閉まり、ふたりの気配が去っていく。

慶太郎はしばらくその場から動くことができなかった。

☆★☆

「幼稚園児の言うことですよ。みんな本気にしませんって」

「しっかりしていて、嘘をついて気を惹こうとするタイプじゃないと言っていた。あれは鈴《す》木《ず》先生の声だった」

小児科には現在、新舘岳《にいだてがく》という入院患者がいる。年齢は五歳。

鈴木たちがトイレで話していたガクくんとは、間違いなく彼のことだろう。

「確かに岳くんはしっかりしていますけど……慶太郎さん、細麺でよかったんですよね」

ぐらぐら煮だった湯の中にほぐした麺を投入する薫平の斜め後ろで、慶太郎は「あ、うん」と曖昧に頷いた。まだ何か言いたげだ。

「そっちの火、消してもらえますか。そろそろ止めないと固ゆでになります」

固ゆでと聞いて、慶太郎は慌てたようにコンロの火を止めた。整いすぎてどこか作りものめいた横顔の三十歳は、ラーメンに載せるゆで卵は半熟でないと機嫌が悪い。

「大丈夫ですよ、そんなに心配しなくても。慶太郎さんだって昨夜《ゆうべ》の幹太のオバケ話、真に受けなかったでしょ」

「そうだけど」

「その程度の話ですよ」

ふた玉の麺を鍋の中でぐるぐる踊らせながら、薫平は鷹揚《おうよう》に笑ってみせた。

「でも、少なくとも鈴木先生は、岳くんの言い分を信じようとしている節《ふし》があった」

「大丈夫ですって。ほんの一瞬だけ、それも遠くからなんですよね」

慶太郎は自信なさげに小さく頷く。この場で抱き締めてしまいそうになる衝動と闘いながら、薫平は懸命に平静を装った。

「仮に誰かが岳くんの言うことを信じたとしても、顔を見られたわけじゃないんですから、その猫耳の生えた先生が慶太郎さんだって、誰にもわかりっこないと思いませんか？」

「それはまあ……そうだけど」

慶太郎はちょっと拗ねたように口を尖《とが》らせたが、いくらか安堵《あんど》したのだろう、殻を剝いて半分に割った卵の半熟加減に「ん。この感じだ」と満足げに頷いた。

「麺が茹《ゆ》で上がりましたよ。伸びないうちに食べましょう」

どんぶりから上がる湯気に、険しかった慶太郎の目元がようやく少しだけ緩んだ。

【今夜来てくれないか】

慶太郎からメッセージが届いたのは、そろそろ帰宅しようかとロッカーの前でジャケットを手にした時だった。どうしたのだろうと気になったのは、その文面の短さゆえではない。倦怠期《けんたいき》の夫婦のような素っ気なさは今に始まったことではない。【すぐ来い】だろうが【今来られるか】だろうが、慶太郎に呼び出してもらえることがたまらなく嬉しくて、薫平は毎度心の中で「いいとも！」と叫んでしまう。

今夜のメッセージが妙だと感じたのは、呼び出しが昨日の今日だからだ。ふた晩続けて呼び出されたのは、この四年間で初めてのことだった。

インターホンを押すや否や玄関のチェーンが解かれたのも初めてで、やっぱり何かあったのだと一瞬緊張したが、「実は」と泣き出しそうな顔で打ち明けられたのは、道々想像したような深刻な事態ではなかった。

数日前のことだった。慶太郎が担当している患者の治療を巡って、一部の教授と方針が食い違った。ごり押しに近い形で教授陣の意見が通ってしまい、慶太郎は一日中イライラしていたという。その夜は当直で、運悪くそんな日に限ってひっきりなしに急患が運び込まれた。煮干し煮干し、と譫言《うわごと》のように呟きながら取り出した煮干しの袋は、なんと空。うっかり切らしてしまったのだ。舌打ちした瞬間、覚えのある感覚が頭頂部に走った。全力でトイレに向かったけれど、数メートル手前で耳が飛び出してしまった——。

玄関先で話しながら、慶太郎は絶望したように頭を抱えた。

「岳くんに見られたのは、多分あの時だ」

「待ってください。小児科病棟の扉には常時ロックがかかっているんですよ。岳くんがひとりで病棟から出られるはずが――」

言いかけて薫平は気づいた。修桜大病院は、外来病棟、検査病棟、入院病棟など多くの建物が連絡通路で繋がる複雑な構造になっている。慶太郎の所属する呼吸器外科医局は外来C棟の三階だ。その真向かいにあるのは入院病棟で、三階は小児科病棟になっている。

「窓越しに、ってことですか」

「おそらく」

終わりだ、もう終わりだと繰り返す慶太郎をなだめすかし、「とにかく晩ごはんにしましょう」と、彼の好物のラーメンを作り始めたのが三十分前のことだった。

「今日のスープ、出汁《だし》はどうですか？　利いてますか？」

「ん」

「熱くないですか？　大丈夫ですか？」

「ん」

日本一短い駅名が「津《つ》」なら、日本一短い肯定の返事は「ん」だ。薫平にとって、ほぼ無表情で頷きもせず慶太郎が発する「ん」は、百万千万の褒め言葉よりずっと心を擽られる。

箸《はし》で持ち上げた数本の麺に、ふうふうふうと念入りに息を吹きかけ、唇で温度をチェックすると、おもむろにちゅるんと吸い込む。

——やばいな、めちゃめちゃ可愛い。

薫平は自分が食べるのも忘れ、目の前でラーメンを啜る慶太郎に見惚《みと》れた。ラーメンを上品かつ可愛く食べる男子選手権があったら、間違いなく慶太郎が優勝だ。

「なんだ」

「え？」

「なにじろじろ見てるんだ。落ち着いて食べられないだろ」

不機嫌そうに片眉を上げながら、はむっとゆで卵にかぶりつく。とろとろの黄身が付いた唇の端を、赤い舌先がちろりと舐める。

——ああ……やばい。

半熟卵を色っぽく食べる男子選手権があったら、ダントツで慶太郎が優勝だ。間違いない。

初めて慶太郎を見かけたのは、病院をぐるりと囲む緑豊かな遊歩道だった。大学に入学して間もない頃で、同僚の医師らと並んで正面から歩いてくる細身の白衣姿に、薫平は思わず足を止めた。初夏の並木道に、その姿は息を呑むほどに美しかった。

きれいな人だなあ、何科の先生なんだろうと、後ろ姿が見えなくなるまで見惚れていた。伸ばした腕の横をツンとすり抜けていく気位の高い猫みたいだった。

また会えますようにと毎夜星に祈っていたからだろうか、数日後、今度は院内の食堂で遭遇した。ラーメンを食べていた。眉を顰めていたから口には合わないようだった。ヨーロッパの貴族がディナーをいただくような手つきで、どんぶりに大量のラー油を投入していたのには驚いたが、そのギャップに薫平はさらに惹かれていった。

気づけば講義中も実習中も、どこかに彼の姿はないかといつも探していた。姿を見ることが叶《かな》った日は、宝くじにでも当たったような気分だった。だからクラスで一番仲のよい幹太が彼の友人だと知った時は、空に舞い上がるかと思うほど興奮した。興奮しすぎて「わかっています」などと口走ってしまい冷や汗が出た。

慶太郎に猫耳が生える瞬間をこの目で見てしまった時は、さすがに驚きに言葉を失った。自分が学ぼうとしている医学というものに対する認識が、根底からひっくり返されるような出来事だった。しかしすぐに、大切なのはあり得るとかあり得ないとか論議することではなく、目の前にいる大好きな人を守ることだと気づいた。

パニックを起こし、気を失った慶太郎を思い出すと今でも胸が締めつけられる。だから春夏秋冬一年三百六十五日、いつ何時《なんどき》でも、慶太郎から呼び出されれば駆けつける。ありったけの思いを込めて「責任」を果たそうと心に誓った。

耳と尻尾が生える以外にも、身体が微妙に猫化しているのだろう、慶太郎は大好物だった激辛熱々こってりラーメンが食べられなくなってしまった。極度の猫舌になってしまった上、唐辛子《とうがらし》の匂いも受け付けない。今、慶太郎が唯一食べられるラーメンは、薫平が三日三晩寝ずに考え作り上げた、煮干し出汁のあっさりラーメンだ。もちろん温度はぬるめ。半熟卵を載せた「慶太郎仕様・特製ラーメン」をはふはふちゅるちゅるする姿をうっとりと見つめていると、一日の疲れがたちどころに消えていくのだった。

ちゅるんと麵を啜り、はむっと半熟卵にかぶりつく慶太郎の視線は、残念ながら目の前の自分を通り越し、テレビの画面に注がれている。

慶太郎はお笑い番組が好きだ。一度本人に指摘したところ『は？』と怪訝《けげん》な顔をされたから自覚はないのだろうが、薫平の観察力が正しければ、慶太郎はリモコンを持つと必ずと言っていいほどコントや漫才の番組にチャンネルを合わせる。そもそも好きだったのか人前で大笑いできなくなった反動なのか、どちらなのかは定かでないが、とにかくその手の番組が始まると食事の手を止め口元を緩め、画面に見入るのだ。

『押すなよ、絶対に押すなよ！』

風呂《ふろ》の縁でバランスを取る芸人を、慶太郎はにやにやと見つめている。

ほどなくメンバーが、後ろから彼を熱湯に突き落とした。

「あっはは っ！」

落とされるとわかっているのに、慶太郎はテーブルを叩いて大笑いした。

その瞬間、愛しい猫耳がひょこんっ、と飛び出した。

「あっ」

慶太郎は猫耳を押さえ、ちょっと恥ずかしそうに「耳、出ちゃった」と頬を赤らめた。

――反則だろ……。

手術室に向かう慶太郎を見かけたことがある。鋭い眼光と引き締まった表情は、見る者をぞくぞくさせるほど色っぽかった。てれんとお笑い番組を見ながら「耳、出ちゃった」と照れる男と、同じ人間とはとても思えない。

薫平はしかし、どちらの慶太郎も魅力的で甲乙《こうおつ》つけがたいと思っている。笑ったり泣いたり怒ったり、慶太郎が人間らしい感情表現を制限しなくていいのは自分の前だけだ。こんなゆるゆるの慶太郎を知っているのも、世界中で自分だけ。

「あっはは、三回も落ちるとかあり得ないだろ。なぁ薫平」

「はい」

「このお湯どのくらい熱いんだろうな。本当に熱湯なのかな」

「さあ」

熱湯だったら確実に火傷《やけど》するだろう。

外科医であることすら放棄してしまっている慶太郎も、薫平は大好きだ。

「慶太郎さん、食べ終わったらお風呂に入りましょうね」

先に食べ終わった薫平がキッチンから声をかけると、慶太郎は麺を咥《くわ》えたままふるふると首を横に振った。猫耳がしゅるしゅると萎《しお》れ、姿を消す。

「あとでシャワーを浴びるからいい」

「ダメですよ。ちゃんと湯船に浸かって温まらないと疲れが取れませんよ」

「いいと言っているだろ」

「もうお湯張っちゃいました」

「お前、人ん家《ち》の風呂を勝手に」

「だって慶太郎さん、俺と一緒じゃないと入らないでしょ」

　猫化のせいで、慶太郎はすっかり風呂嫌いになってしまった。あの手この手で説得し、一緒に入浴するのは最も楽しいイベントのひとつだ。

「昨日もちょこちょこっとシャワーだけで済ませてましたよね」

「嫌だ。入りたくない」

　こんな駄々っ子のような慶太郎を知っているのも自分だけだと思うと、自然と口元が綻んでしまう。

「ひとりで入れ。俺はまだラーメンを」

「待ってます」

「食べてすぐに風呂に入るのはどうかな」

「胃が落ち着くまで待ちます」

「あれ、なんだかちょっと微熱が」

「慶太郎さん」

腹筋が痙攣《けいれん》しそうになるのをこらえながら、うっすらと汗ばんだ額に手を伸ばした。

「熱はないけど、汗かいてます」

慶太郎はハッと顔を上げ、腕を交互に上げくんくんと鼻をひくつかせた。くんくんしたいのはこっちだと、薫平はまたぞろこみ上げてくる笑いを噛み殺す。

「俺が洗ってあげますから」

身体中。

耳元で囁くと、ほっそりとした首筋がさーっと朱に染まった。

わかりやすい人だと思う。

誰より強気でプライドが高くて、だけど本当は臆病《おくびょう》で寂しがりやで人肌を求めている。ひと目惚れだった。この手で触れることが叶うなんて、夢にも思っていなかった。心までは望まない。望んではいけない。せめて身体だけ――。

お風呂が沸きましたと、給湯器が告げる。

「さ、入りましょう」

にっこり告げると、慶太郎はようやく諦めたようにのろのろと立ち上がった。

ふたり一緒にシャワーを浴びた後、背中を洗うからと壁に手をつかせた。

「脚、もう少し開いてください」

「えっ……」

戸惑ったように身を硬くする。洗うだけでは済まないことはわかっているくせに。

「身体中洗うって言いましたよね」

スポンジを泡立てながらできるだけ淡々と命じると、たっぷり十秒迷った後、慶太郎はほんの数センチだけ脚を移動させた。

「これでいいか」

「もっとです。これじゃ脚の付け根とか洗えないでしょ。腰ももうちょっと突き出してくれると洗いやすいんですけど」

「む、無理……」

これからされる行為を嫌がっているわけではない。その証拠にシャワーの途中ですでに尻尾が飛び出している。

触って欲しいくせに、身体は悦《よろこ》びを求めているくせに、年上の矜持《きょうじ》と強い羞恥《しゅうち》から、欲望を素直に口にしてはくれない。

「仕方のない人ですね」

ため息混じりの苦笑は、半分自分へ向けたものだ。恋人にはなれないのだとわかっていても、どうしようもないくらい欲しい。

――この人が、欲しい。

「脚、ここに載せてください」

薫平は慶太郎の右の太股《ふともも》を持ち上げると、足の裏を風呂の縁に載せた。

「うわ！　な、何をっ」

驚いた拍子に耳も出てきた。

「滑らないように、ちゃんと壁に手をついていてくださいね」

ふたりで入浴したことは何度かあるが、こんな格好をさせるのは初めてだった。よほど恥ずかしいのか、丸見えになった双丘の割れ目を尻尾でひゅるんと隠した。

「隠しちゃダメですよ」

慶太郎は尻尾を摑まれるのを嫌がる。感じすぎるからだ。

薫平は慣れた手つきで、毛並みを逆立てるように尻尾の根元あたりを刺激した。

「あっ……ん」

ぴんと尻尾が立つ。摑んで引っ張るよりこうする方が早いことを、四年間でしっかりと学んだ。尻尾は慶太郎のかなり敏感な性感帯だ。

ものの本によると、猫が尻尾を立てるのは甘えたいという意思表示らしい。無論慶太郎は猫ではないが、今の身体になってからというもの生活のあらゆる場面において、特に本能的な部分において猫のそれとシンクロしている。

「尻尾、そのまま立てておいてくださいね」

スポンジの泡を手に取り、肩、背中、腰と順に塗りつけていく。形のよい双丘を両手で揉《も》みしだくと、ほっそりとした腰がびくんと震えた。いやらしく勃ち上がったまま、尻尾が左右に揺れる。

「いつみても可愛いですね、尻尾」

「こんなもの、どこが可愛い」

恥ずかしさをごまかすように、慶太郎は「バカ」と吐き捨てる。しかしその声は身体と同じくらいしっとりと濡《ぬ》れていて、薫平の理性をいとも容易《たやす》く崩壊させる。

「こうやって洗おうかな」

泡だらけの背中に、自分の胸と腹を擦りつけた。

「ちょ、薫平、何を――」

「ふたりで一緒に泡だらけになりましょう」

「やっ……ああっ」

「こら、じっとして」

背中から抱き締め、肉の薄い胸と腹にも泡をたっぷり塗りつけた。胸の突起をふたつ一度に摘むと、慶太郎は「は、あっ」と切なげな声を上げた。

「や、めっ……」

慶太郎が身を捩るたび、ふたりの間に挟まれた尻尾が、半ば兆した薫平の中心を刺激する。

――くそっ……。

暴走してしまいそうになる。

左手で胸の粒を捏ねながら右手を下腹に這わすと、慶太郎の股間《こかん》も薫平以上に硬く勃ち上がっていた。先端からこぼれるのはシャワーの水滴ではない。とろりと伝う体液で幹を擦ると、慶太郎の脚からカクンと力が抜けた。

「おっ、と」

「薫平……もう、た……立って、られない」

「すごく硬くなってます」

「お前のも、すごい、熱い……」

「一緒にイッてもいいですか」

小さく頷く慶太郎の白い首筋にそっとキスをした瞬間、扉の外からメッセージの受信音が聞こえた。慶太郎のスマホだ。

「どうぞ」

密着していた身体を離すと、慶太郎は「いい」と首を振った。

「見なくて大丈夫なんですか」

確かに緊急の呼び出しなら、メッセージではなく電話が来るはずだけれど。

「多分、鯨岡先生だ」

「鯨岡先生？」

思わず眉を顰めた薫平に、慶太郎は気づかない。ゆで卵の殻を剝いている最中にも誰かとメッセージをやりとりしていたので気になっていたが、相手はどうやら鯨岡だったらしい。

「呼吸器外科のグループがあるんですか」

「まさか」

つまりそれは、鯨岡と個人的にやりとりしているということか。

「仲がいいんですね」

「は？」

「どんなメッセージやりとりしてるのか、ちょっと気になったりして」

医局やナースステーション以外の場所で、慶太郎が鯨岡とふたりでいるところを何度か見かけたことがある。いつも慶太郎の肩や背中にさりげなく手を回す。正直不愉快だった。長身の薫平よりさらに背が高くがっしりしている。はっきりとしたもの言いは体育会系のノリだ。ザ・外科医。小児科ではあまりお目にかからないタイプだ。

慶太郎とは別の意味でわかりやすい。鯨岡は間違いなく慶太郎に好意を持っている。

「どんなって、つまらないことだ」

「知りたいな」

恥ずかしい姿勢で半勃ちの熱を放置されたまま、慶太郎は困惑気味に振り返る。

「オペのこととか、患者さんのこととか」

そんな話なら病院ですればいい。

こみ上げてくる思いを、薫平は必死に呑み込んだ。

——この人は俺の恋人じゃない。

最初からわかっていたことだ。折に触れ、何度も自分に言い聞かせてきた。

いつ誰とどんなメッセージをやりとりしようが、いやそれだけじゃない、誰と恋をしようがセックスしようが、腹を立てたり邪魔をしたりする権利は、自分にはない。

——でも。

「慶太郎さん、脚、下ろして」

「……え」

戸惑う慶太郎の脚を、風呂の縁から下ろした。

「両脚、ぎゅっと閉じていてくださいね」

「おい、何する——あっ」

もう一度背中から力いっぱい抱き締め、双丘に猛《たけ》った熱を押し当てると、円を描くように擦りつけた。

「慶太郎さんのここ、すごく気持ちいいです。柔らかくて、ぬるぬるしてて」

卑猥《ひわい》な感想をため息とともに猫耳に吹きかけると、うな垂れていた尻尾がぴくんと反応した。

「く、薫平……」

「嫌ですか、こうされるの」

「嫌じゃない、けど、あっ」

双丘の隙間《すきま》に中心をねじ込むと、慶太郎は驚いたように背中を反らせた。

「な、なにっ」

「大丈夫。挿《い》れたりしません」

いわゆる素股《すまた》をするのは初めてだ。何をされるのか気づいたのだろう、慶太郎は躊躇《ためら》いと恐怖の入り交じった声で「ちょっと待て」と呟いた。

「怖がらないでください」

「でも」

「気持ちよくしますから。俺に任せて」

ね？　と猫耳を甘噛みすると、慶太郎の身体から力が抜けた。

――ごめんなさい。

こんなことするつもりじゃなかったのに。

今夜はなんだか止まらない。

太股の付け根のわずかな隙間に、欲望の塊を挿し込み、引き抜き、もう一度深く挿し込む。

すっかり硬くなった薫平が、ふたつの袋や秘めた孔《あな》と擦れるたび、慶太郎の口からは切なげな吐息が漏れた。

「は、あぁ……」

どうですかと尋ねなくてもわかる。

感じ始めた慶太郎の身体は、ガラス張りのようにわかりやすい。

「ああ……ん」

「気持ちいいですか?」

「……いい」

「もっと気持ちよくしてあげます」

「……薫平……あぁぁ」

呼び声はこんなに濡れているのに、律儀に両脚を強く閉じている。

無体なことを命じたのは自分だ。

なのにこんなに生真面目に従おうとする慶太郎を見ると、後悔が押し寄せる。

――この人は……。

思いを振り払うように慶太郎の熱を握った。いやらしく、ねちっこく、握ったり擦り上げたりすると、慶太郎のそこはすぐに限界まで大きくなった。

「くんぺっ……薫平っ」

「先走りがいっぱい出てきました」

「あぁ、や……」

「鯨岡先生と、ふたりで、出かけたりしないでください」

息を乱しながら、薫平はとうとう口走ってしまった。

「えっ……」

「飲みになんか行って、うっかりこれが出ちゃったら、困るでしょ」

左の猫耳を舐めると、慶太郎の先端から、とろりと体液が糸を引いた。

「あぁっ……あ、ん、薫平……」

「行かないって、言ってください」

「行か、ないっ」

「約束してください」

「約束する、から、もう、もう」

「出したいですか？」

壁についた拳を震わせながら、がくがくと頷く。

いやらしくて、可愛い人。

誰にも渡したくない。

「今度こそ、一緒に」

腰をぶつけるように、激しく抽挿《ちゅうそう》を繰り返す。まるで挿入しているような感覚に、頭の芯《しん》が痺《しび》れた。

「あっ、あぁ……薫平、あっ！」

手の中で、慶太郎が弾《はじ》けた。

時を置かずして薫平も、慶太郎の白い太股を白濁で汚した。

がくりと崩れ落ちる細い身体を抱き留める。

今この時だけは、この人は俺のものだ。

わがままを主張する己の声が、耳の奥に虚しくこだましていた。


風呂から出ると、先に上がって着替えを済ませた慶太郎は、ソファーに座って誰かと電話をしていた。耳も尻尾も、跡形もなく消えている。

「……うん、そうだね。近いうちに……うん、わかったよ。寒くなってきたから風邪ひかないようにね」

また鯨岡かと一瞬ムッとしたが、どうやら違う相手らしい。

通話を切った慶太郎は肩を竦め「曾祖父《ひいじい》ちゃんだ」と苦笑した。

「曾お祖父さん、ですか」

「ああ。田舎《いなか》にひとりで暮らしているんだけど、最近時々電話をよこす。しょっちゅうかけてくるくせに『長電話は好かん』ってすぐに切ってしまう」

幼い頃は毎年遊びに行っていたが、中学を卒業してからは一度も訪ねたことがないという。

「具合でも悪いんですか」

「いや。家を改築したから見に来いって」

「改築？」

「いわゆる古民家っていうのかな。昔話に出てくるような古い屋敷に住んでいるんだ。時々手は入れていたんだけどさすがにガタがきたらしくて、大改築をしたらしい」

改築工事は半年前にようやく終了した。

その頃から頻繁に「見に来い」という電話がかかってくるようになったという。

「昔は回りが手を焼くほど頑固だったのに、年も年だから多少弱気になったのかもな。こっちに来る用はないんか、顔を見に来んのかって、そればっかり」

「都内なんですか？」

「いや、Z県」

「Z県？」

ふと記憶の片隅で何かが光った気がしたが、この時は何も思い出せなかった。

「顔を見に行きたいのはやまやまだけど」

「さすがに遠いですよね、Z県じゃ」

慶太郎も薫平も、まとまった休みなど一年に一度取れればいい方だ。慶太郎は「ま、そのうち行ってみる」と呟いた。

「それより薫平、お前、鯨岡先生と何かあったのか」

薫平はタオルで頭を拭く手を止めた。

「別に何もありませんけど」

「ならどうしてだ。鯨岡先生とふたりきりになるなとか」

「それは……」

慶太郎はわかっていないのだ。自分が無意識に漂わせている妖《あや》しいオーラに。

「鯨岡先生に限ったことじゃなく、とにかく気をつけるに越したことはないって話です。病院内ならすぐに飛んで行けますけど、俺の知らないところで誰かと飲みに行ったりして、そこで何かあったらどうするんですか」

岳に見られてしまった件も頭にあったのだろう、慶太郎は「わかった」と素直に頷いた。

「それから」

まだ何か言いたいことがあるらしい。

薫平はタオルを首にかけ、慶太郎の正面に立った。

「なんですか」

「お前とおれがだな、その……している、こういうことなんだけど」

「こういうこと?」

たった今、風呂場で致したようなことだろうか。

「その……つまりこれって、セック——」

「違います」

言下に否定する。慶太郎は、ハッと顔を上げた。

「セックスじゃありません。全然違います」

「そ、そうなのかな」

「挿入していないじゃないですか」

「挿れなかったら、違うのか」

「違います」

「そうか……そうなのか」

ここは大事なところだと、薫平は慶太郎の前にしゃがみ込んでその目を見据えた。

「前に言いましたよね。高校ん時、運動部の奴なんかがたまに男同士で『お互いに抜いちゃう?』とか、そういうのあるんですよ、ノリで」

「お前もしたことあるのか」

「俺はありません。でも慶太郎さんと俺がしているこれは、セックスじゃなくて、そういうノリの延長なんです」

わかったようなわからないような顔で、慶太郎は「そうか」と俯いた。

「だから心配しないでください」

「心配？」

「もし将来、猫耳や尻尾が出なくなって、慶太郎さんに恋人ができたとしたら、その時は俺のこと、過去のひとりとして数える必要はありませんから」

「え……」

「男とそういうことしていたなんて、悩んだりしなくていいですから」

胸が痛い。泣きたいくらいに。

でも間違えてはいけない。はき違えてはいけない。

「今夜はちょっとやりすぎました。ごめんなさい。慶太郎さんが嫌なら二度としません」

謝罪の言葉に、慶太郎の反応はひややかだった。

「誰が謝れと言った。誰が嫌だと言った。お前は本当に勝手だ」

「すみません」

「謝るくらいなら最初からするな、バカ」

ツンツンしているのはいつものことだけれど、長い付き合いで薫平にはわかる。今の慶太郎はかなり本気で苛《いら》ついている。

それはそうだろう、恋人でもない相手にいきなり素股なんかされたのだから。

「本当にすみませんでした」

もう一度謝ると、慶太郎は「だからっ」と何か言いかけ、途中で呑み込んでしまった。

「もういい」

見えないドアを、目の前で閉ざされた気がした。

「慶太郎さん、あの……」

「責任だからか」

ぽつんと呟いた慶太郎の声が、薫平の足元に落ちる。

「そうです。慶太郎さんがこんなことになったのは、すべて俺の責任です。だからいつでも呼んでください。すぐに飛んできますから」

「責任……」

俯いたまま慶太郎が、ふっと小さく笑ったように見えたのは気のせいだろうか。

「そうだな。また溜まったらよろしく頼む」

顔を上げた慶太郎は、いつも通りの気品に満ちた美しい笑顔だった。

ホッとしたような寂しいような複雑な気持ちで、薫平は「はい」と静かに頷いた。

その朝、いつものようにナースステーションに向かった薫平は、看護師たちの様子がバタバタと慌ただしいことに気づいた。

「おはようございます」

「あ、戸之倉先生、おはようございます」

「何かあったんですか」

近くにいた若い看護師にそっと尋ねた。

「はい。ちょっと騒動というか」

「騒動？」

「実は三〇五号室の新舘岳くん、今朝退院だったんですけど」

彼女の口から飛び出したその名前に、薫平はぎょっとする。

「岳くんがどうかしたんですか」

「お父さんが退院の会計をしている間、ロビーで待っていた岳くんが突然騒ぎ出したそうなんです。私も今聞いたばっかりで詳しい状況はわからないんですけど、たまたま通りかかった呼吸器外科の先生にいきなり突っかかったとかなんとか」

――慶太郎さん。

彼女の言葉が終わる前に、薫平はナースステーションを飛び出していた。

頼む間に合ってくれと心の中で手を合わせながら、階段を全力で駆け下りた。エレベーターを待つ時間すら惜しかった。

息を切らして駆けつけたロビーには小さな人垣ができていた。その真ん中で小さな岳と向かい合っていたのは、やはり慶太郎だった。

呼吸を整えながら、薫平はゆっくりと人垣に近づいた。

「よう、岳くん」

「あ、薫平先生！」

岳が勢いよく振り向く。同じ勢いで慶太郎もこちらを振り返った。

薫平は岳の主治医ではない。しかし病棟で一番若い医師だからだろう、入院している子供の多くは「薫平先生」と呼んで慕ってくれている。

息子《むすこ》を窘《たしな》める父親に一礼し、薫平は岳の前にしゃがんだ。

「どうしたんだ、岳くん」

「あのね薫平先生、この先生だよ。猫のお耳が生えてたの！」

岳は口を真一文字《まいちもんじ》に結ぶと、キッと鋭く慶太郎を指さした。

「岳、失礼だろ。人を指さしちゃいけないといつも教えているのに」

父親は申し訳なさそうに、慶太郎に向かって何度も頭を下げる。

「だって本当なんだもん！　ぼく見たんだもん！　この先生の頭に、猫さんのお耳が生えているの、ちゃんと見たんだもん！」

「だからお前が寝ぼけて」

間に入った父親に、岳は「違うもん！」と叫ぶ。

「ぼく、ちゃんと見たのに。うそなんかついてないのに。先生も看護師さんもお父さんも、誰も信じてくれない」

涙目で訴える岳に気圧《けお》されるように、慶太郎はじりじりと後ずさる。

握り締めた拳が小刻みに震え、顔面は蒼白《そうはく》だ。

「岳くんの言うこと、俺は信じるよ」

「ほんと？」

薫平の言葉に、岳がぱっと表情を明るくした。

対象的に慶太郎は、今にも脳貧血を起こしそうな顔色になっている。

「ねえ岳くん、ひとつ教えてほしいんだけど、柊先生の頭に猫の耳が生えているのを見たのって、もしかして先週の月曜日じゃなかった？」

岳は少し考えて「うん、そう。月曜日」とこっくり頷いた。

「やっぱりそうか」

薫平はわざと大げさに「そっかそっか、そうだと思った」と繰り返した。

「岳くんが見た猫の耳ってさ、これじゃない？」

薫平は、走って駆けつける途中ロッカーの奥から引っ張り出してきた〝それ〟をポケットから取り出し、自分の頭に載せてみせた。

「あっ！」

岳がその目をこぼれ落ちんばかりに見開く。

その横で同じように、慶太郎が目玉をまん丸にしているのが見えた。

「岳くんが見たのと同じでしょ？　色も模様も」

「うん、たぶんそう」

「実はこれ、パーティーグッズなんです。コスプレ用です」

薫平は猫耳を、傍らでおろおろしていた岳の父親に手渡した。

「コスプレ？」

「来週、病棟でハロウィンパーティーがあるんです。そこで子供たちを喜ばせようと思って僕が用意したんですけど、自分で被ってみたら笑っちゃうほど似合わなくて。誰か似合いそうな先生はいないかなーと、院内を探し歩いて」

「それでこちらの先生に」

岳の父親は慶太郎の横顔を一瞥し、納得したように「なるほど」と笑った。

「岳くんに本物と思ってもらえたなんて、光栄です。ね、柊先生」

「え？　あ、ああ、そうだな」

慶太郎はカクカクとぎこちなく頷き、とってつけたような笑顔を浮かべた。

「なあんだ、にせものだったのか」

岳はちょっとがっかりしたようだったが、すぐに「ねえお父さん、ぼくハロウィンパーティーまで入院していたい。いいでしょ？」と父親に縋《すが》り、周囲に和やかな笑いを起こした。

岳の父親から丁重な謝罪を受けた後、薫平に他人行儀な一礼を残し慶太郎は去っていった。

ぎくしゃくと、右手と右足を一緒に出して歩く後ろ姿があまりに可愛くて、薫平は駆け寄って抱き締めたい衝動を抑えるのに苦労した。

最悪の事態はなんとか回避できた。慶太郎はおそらく医局に着くや、崩れ落ちんばかりに安堵することだろう。ふにゃっとソファーにへたり込む様子を想像したら、それだけでむらむらとイケナイ感情が湧き上がってくる。

己の獣っぷりに苦笑しつつ、新舘父子の車を見送った。

午前の診療を終えナースステーションに戻ると、看護師たちが今朝の猫耳の話で盛り上がっていた。

「あれ本当に可愛いかったですよねぇ。戸之倉先生、どこで買ったんですか？」

「内緒です」

「えー、教えてくださいよ。私も欲しい」

「秘密です」

慶太郎の毛並みと同じ色柄のものが国内にはなく、ネットの荒波に揉まれながら辿り着いた海外のかなり怪しい通販サイトでようやく手に入れ、さらに細部まで似せようと猫好きの友人から猫の抜け毛をもらって移植した、そんな世界にひとつだけの猫耳なのだと、間違っても知られるわけにはいかない。

「実は実は彼女さん用だったり？」

「違いますよ」

「秘密なんて怪しいなあ。ていうか戸之倉先生の彼女ってどんな人なんですか」

「彼女なんかいません」

「うそうそ、戸之倉先生モテそう」

「ぜんぜんモテません」

えー、信じられない、嘘ばっかり、という意味不明な攻撃を避け自分のデスクに座ると、同じ研修医の山本《やまもと》が近づいてきた。

「戸之倉って、柊先生と親しいのか」

薫平は警戒心を気取られないように、笑顔を作った。

「親しいと言えるかどうかわからないけど知り合いだよ。なんで？」

「あの人、戸之倉に助けてもらったわけじゃん？　なのにあの態度はないよなーと思って」

山本は今朝の騒動を遠巻きに見ていたという。

「一見穏やかだし、大声出したりしないし、顔もいいから職員からも患者さんからも『ぴーちゃん先生』とか呼ばれて人気あるみたいだけど、俺はあの人二重人格だと思うぜ」

「二重人格？」

「去年だったかな、ＲＩ検査室に用があって階段で地下に下りたんだけど、下からドスドス足音たてて上がってくる人がいたんだ。びっくりして踊り場で足を止めてたら、すげー苛ついたような声が聞こえたんだ。『ふざけんなっつーの。クソッ！』って」

それが慶太郎だったのだという。

「ほとんど誰も使わない階段だから、あっちも俺がいたことに相当驚いたみたいで、逃げるように駆け上がっていったけどさ、あれのどこが菩薩だよ。派手に舌打ちまでしてたんだぜ、チッて」

「苛ついたら誰だって舌打ちくらいするだろ」

こみ上げてくる感情を精一杯制御しながら、薫平は山本を見上げた。

「……え」

「柊先生だって人間だ。腹の立つこともあるだろうし、ふざけんなって怒鳴りたいことだってあるに決まってるだろ。けどそれを極力他人に悟られないように努力しているから、菩薩なんじゃないのか？　二重人格とは違うだろ」

マズイなと思いつつ徐々に口調がきつくなる。

慶太郎は四六時中こんな我慢をしているのかと、今さらながらに胸が痛んだ。

「患者さんだろうが職員だろうが、誰彼かまわず感情をぶつける人間よりよっぽど立派だと思うけど」

「だけどお前にありがとうも言わずに、さっさと行っちまったじゃないか」

「見ていなかったのか？　頭を下げてくれただろ。感謝の気持ちはちゃんと伝わってきた」

「でも……」

あまりに素っ気なかったと山本は言いたかったのだろう。しかしあの時の慶太郎には、あれが精一杯だったことを薫平は知っている。

「なんだよ、柊先生と懇意にしてるんなら最初からそう言えよ」

軽い気持ちで陰口を持ちかけたのだろうが、思わぬ反論を食らい、山本はばつが悪そうに自分の椅子《いす》にドスンと座った。聞こえよがしの舌打ちが聞こえる。

——自分こそ。

些細《ささい》なことで舌打ちをする。それも相手に聞こえるように。

慶太郎は人前では、ムッとすることすらこらえなければならないのだ。どれほどの忍耐を強いられているか、誰にもわかってもらえずに。

「科長がこれ、コピー取っておけってさ」

不機嫌丸出しで山本がバサッと資料を投げてよこした。

それこそ舌打ちしたいのをぐっと抑え、薫平は「了解」と立ち上がった。この程度のことは、慶太郎の我慢の百分の一にも満たない。

コピー機の前で、ふと職員用出入り口の外に立つ緑色のシルエットに気づいた。

――慶太郎さん？

背を向けているけれど、見間違うはずはない。

開けたままのドアから廊下に顔を出すと、案の定手術着姿の慶太郎が立っていた。

「どうしたんですか、こんなところに」

「……うん」

「今朝はびっくりしましたね」

「……ああ」

「あれから大丈夫でしたか？　心配してたんです」

「……うん」

何か言いたげに唇を舐めるのはやめて欲しい。

ここが職場でなかったら、速攻で押し倒しているところだ。

「岳くん、無事退院しましたよ」

「うん。よかった」

「ハロウィンで柊先生が猫耳付けた写真、絶対に送ってくれって」

「……そうか」

どうも反応が悪い。薫平は声を落とした。

「今朝の話じゃないんですか？」

慶太郎が何か答えようとした時、ステーションの奥から「戸之倉先生いるかしら」という看護師長の声が聞こえた。

「はい、今行きます」

ドアの中に向かって答えたほんの一瞬のことだった。

「あっ、ちょっと慶……」

慶太郎が突然踵を返して歩き出した。

「待ってください、柊先生」

声は届いているはずなのに、慶太郎は肩をいからせ、長い廊下をすたすたと去っていってしまった。

——怒ってる？

何か怒らせるようなことをしただろうか。

もしかすると山本とのやりとりが聞こえてしまったのだろうか。

遠ざかる背中を見送りながら、薫平の心は曇った。

帰宅してからも胸のもやもやは消えず、薫平は慶太郎の不機嫌の理由ばかり考えていた。

コスプレ用の猫耳を用意しておくなんて、オタクすぎると引かれただろうか。それとも助けを求められたわけでもないのにのこのこ出ていったものだから、チョモランマなプライドを傷つけてしまったのだろうか。

——余計なことしたかな。

眉間《みけん》に皺《しわ》を寄せて腕組みしているとインターホンが鳴った。こんな時間に誰だろうと訝《いぶか》りつつ覗《のぞ》いたモニターに映っていたのは、何やら真っ黒な塊だった。

「ん？」

一瞬悩んだが、すぐにわかった。

編み目の細かい黒のニット帽は、寒い季節、慶太郎が外出する際に被っているものだ。三年前の誕生日に「突然の猫耳飛び出しに備えて」と、薫平がプレゼントした。

「なんで下向いてるかな」

戸惑い気味に開いたドアの向こうには、世にも愛しい男が世にもむすっとした顔で立っていた。

「慶太郎さん、どうしたんですか」

「……うん」

「とりあえず入ってください」

週に一度は慶太郎の部屋を訪れるが、この部屋に慶太郎がやってきたことは、四年の間に数えるほどしかなかない。やっぱり何かあったのだろうか。薫平の頭を不安が過《よぎ》る。

部屋に入っても、慶太郎は俯いたままだった。

「何か食べますか？　夕食は」

「済ませた」

「じゃあ何か飲みませんか」

「いらない」

「たまにはちょっと飲みません？　ホットワインでも」

「いらない」

「そう、ですか」

会話がどうにもぎこちない。

「とりあえず――」

「いらない。何もいらない」

「そうじゃなくて」

いらないいらないの波状攻撃に、薫平はさすがに嘆息する。

「帽子」

「え？」

「脱いでください。寒くないなら上着も」

苦笑混じりに手を伸ばすと、慶太郎はようやく顔を上げ、脱いだジャケットと帽子を薫平に差し出した。

　上着をかけるハンガーを探していると、ぼそぼそと囁くような声がした。

「……った」

「え？　何か言いました？」

　首だけ半分振り返って尋ねると、慶太郎はキッと片眉を吊り上げ、なぜか今度ははっきりと聞き取れる声で言った。

「耳が悪いのか。何度も言わせるな」

「はい？」

「今朝は助けてもらって嬉しかったと言ったんだ」

　宣戦布告のような口調でそう言い放つや、慶太郎はツンと横を向いてしまった。

　薫平は左手にハンガーを、右手に上着と帽子持ったまま、唐突に脳内へとなだれ込んできた複雑な情報の整理を試みる。

「えーとですね、それは、つまり」

「つまりもへったくれもない。もうこの話は終わりだ。あ、それから二重人格を否定してくれたことも嬉しかった。以上だ。邪魔したな」

「え？」

　慶太郎はすっくと立ち上がり、上着を取り返そうとする。

「ちょ、ちょっと待ってください」

昼間の山本との会話は、やはり慶太郎の場所まで聞こえていたようだ。

「用は済んだ。帰る」

「慶太郎さん、もしかしてそれだけのためにわざわざ来てくれたんですか」

「返せ」

ぶっきらぼうなもの言いに気を取られていたが、頬が少し赤い。

「とにかく座ってください」

「だからもう用は済んだと」

「俺の用がまだです。頼むから座ってください」

薫平は慶太郎の肩を摑み、やや強引にソファーまで押し戻す。どすんと元の位置に尻もちをつくと、慶太郎は不満そうに唇を尖らせて薫平を睨み上げた。

薫平はその横に、並ぶように腰を下ろした。

「聞いてもいいですか」

「なんだ」

「そっち向かないでください」

「こっちを向きたい気分なんだ」

本当は顔を見て尋ねたいところだけれど仕方ない、そこは折れることにした。

「さっき怒っていたのは、山本との話が聞こえていたからだったんですね」

「さっき？」

「昼間、ナースステーションに来てくれた時です」

「別に怒ってなどいない。あの程度の陰口には慣れている。いちいち意に介していたら身が持たない」

だったらなぜあれほど不機嫌だったのだろう。

「大体お前が悪いんだ」

慶太郎は急に薫平の方を向いた。向きたい方向が変わったらしい。

「俺ですか」

「そうだ。最初はメールで済まそうと思ったんだ。しかし礼というものはやっぱりちゃんと顔を見て伝えるべきだろうと思い直して、決死の覚悟で小児科病棟まで行ったのに」

そんな覚悟でやってきたというのに、なぜ何も言わずに去ってしまったのだろう。

「お前が看護師たちと一緒になって、モテるのモテないのと、わぁわぁきゃぁきゃぁ楽しそうにしているから、言いそびれたんだ」

「はあ？」

ちょっと待てちょっと待てと、薫平はいま一度脳内の交通整理に挑む。

わぁわぁきゃぁきゃぁとは一体どの場面のことだろう。記憶がない。しかもなぜ自分が看護師たちと楽しそうにしていると、礼を言えずに帰ることになるのか。

「あの時お前がわぁわぁきゃぁきゃぁしていなかったら、おれはわざわざこんな夜にお前のマンションまで来たりせずに済んだんだ。まったく」

あまりに珍妙な言いがかりに、薫平はただただ呆気《あっけ》にとられる。

「慶太郎さん、やっぱり怒ってます？」

「怒っていないと言っただろ」

怒りのこもった声で慶太郎が答える。薫平はついに噴き出してしまった。

「何が可笑しい。笑うなら帰る」

「すみません。笑いませんから座っていてください」

薫平は腹筋が震えるのをこらえながら、冷蔵庫の缶ビールを二本取り出した。

「俺、ちょっと飲みたい気分なんで失礼します」

二本ともプルタブを開け、一本を慶太郎の前に差し出した。

「おれは――」

「気分じゃなかったら無理に飲まなくてもいいですよ」

慶太郎は親の敵でも見るように缶ビールを睨みつけていたが、やがてさも仕方なさそうなため息をつき、それを手に取った。

「開けてしまったら飲まないわけにいかないだろ。ったく」

ぶつくさ言いながらもぐぐっと勢いよく呷っているところをみると、やっぱり飲みたかったのだろう。

「ぷはっ」

「久しぶりなんじゃないですか、ビール」

「いつでもどこでも飲めるわけじゃないからな」

慶太郎はアルコールを受け付けないわけではないが、酒席で無理に勧められたりすることを避けるために、飲めないことにしている。滅多に飲まなくなったからひと口で結構回るんだと、自嘲《じちょう》気味に言っていたことを思い出す。

「美味い」

慶太郎が小さく呟いた。その瞳はすでにほんのり赤く潤んでいる。

きゅんと胸に走ったのは、痛みなのかときめきなのか。

「嬉しかったのは俺の方です」

「ん？」

「昼のことも、今夜ここに来てくれたことも。俺の方こそ嬉しいです。ありがとうございます」

素直な気持ちを口にすると、慶太郎は戸惑ったように視線を床に泳がせた。

「なんでお前が礼を言うんだ。変な奴」

ようやく慶太郎がくすっと笑った。目元を朱に染めながらちびっとビールを口にするその横顔に、不意に懐かしさがこみ上げてきた。

「昔、一度ふたりで飲みに行ったことありましたね」

「あったな」

猫耳が現れる少し前のことだった。ふたりで幹太の誕生日プレゼントを買った後、近所の焼き鳥屋に入った。カウンターで鶏皮に唐辛子を大量に振りかける慶太郎は、今夜と同じように頬を赤くしていた。

「焼き鳥食いたくなった」

「俺、買ってきます」

「え？　いや、いい」

「歩いて……走って十五分くらいのところに美味しい焼き鳥屋があるんです。三十分待ってくれれば」

「いいと言っているだろ。ちょっと思い出しただけだ」

慶太郎は立ち上がりかけた薫平を座るように促した。

「優しいな、お前は」

「え？」

聞き間違いだろうかと、薫平は目を瞬かせる。

慶太郎にそんなことを言われたのは初めてだった。

「あの頃からお前は優しかった」

「別に優しくなんかないですよ」

「困っている人がいたら、飛んでいって助けるだろ」

「それは俺に限ったことじゃないでしょ。慶太郎さん、もう酔っちゃったんですね」

「酔ってない。夜中に往復三十分走って焼き鳥買ってこようとするし」

「それは……」

慶太郎が喜ぶなら何だってする。

今から裸で百キロ走れと言われたら喜んで走るだろう。

「どうしてだ」

「……え」

「どうしてお前はそんなに優しいんだ」

とろんと甘い声が鼓膜を擽る。手の中のアルミ缶が、小さな音をたてた。

答えはいつだってここにある。胸の奥の引き出しの中。

けれど口にした瞬間、パチンと弾けるように夢から覚めてしまうだろう。

だから引き出しは開けない。あの日、そう決めたのだから。

「責任、か」

この間と同じ台詞で沈黙を破ったのは慶太郎だった。

「お前はふた言目には責任、責任だからな」

「俺の責任ですから」

「そうだ。お前のせいだ。おれが人前で感情を抑えなくちゃならなくなったのも、ぴーちゃんなんてクソ恥ずかしいあだ名で呼ばれるようになったのも、好物の激辛ラーメンを食えなくなったのも、たまにしかビールを飲めなくなったのも」

いつにない柔らかな声で、いつもよりトゲのある言葉を吐く。

久しぶりのアルコールは慶太郎から何を引き出しているのだろう。

「でももうよせ。責任なんて、もうどうでもいい」

「……慶太郎さん」

「お前にはいつも感謝している。今朝のことだって」

視線が絡む。まるで恋人を見つめるような瞳に、吸い込まれそうになる。

すべてを求めてしまいそうになる。

――ダメだ。

薫平はぐっと奥歯を嚙みしめた。

「俺は、感謝されるような人間じゃありません。慶太郎さんが思っているような誠実な人間じゃありませんよ」

慶太郎が小さく眉を顰める。

「謙遜《けんそん》はやめろ」

「謙遜じゃないです」

「お前から誠実さを取ったら何が残る」

遠回りな褒め言葉が胸に刺さる。ははっと笑うふりをして立ち上がった。

カーテンの向こうから雨音が聞こえる。いつの間に降り出したのだろう。

慶太郎は何も知らない。

知らないからこうしてふたり、同じ雨音を聞いてくれる。

「雨か」

「大分降っていますね」

薫平はゆっくりとソファーに戻り、さっきより近く、腕が触れ合う場所に腰を下ろした。

「慶太郎さん、今夜泊まっていきませんか」

「ん？」

「傘、持ってきていないでしょ」

「お前のを借りる」

「久しぶりに飲んだから、きっとふらふらしますよ」

いくら久しぶりでも、缶ビール一本でふらついたりはしない。

わかっていて薫平は誘い、わかっていて慶太郎は頷いた。

「……そうかもな」

「お風呂、また一緒に入りましょう」

髪を撫でながら囁くと、この間の痴態を思い出したのか、慶太郎は首筋まで赤くした。

――可愛い人。

何が優しいものか。慶太郎は本当の自分を知らない。

もし真実を知られてしまったらと思うと、恐ろしくて全身が竦む。

ごめんなさい。騙《だま》してごめんなさい。嘘をついてごめんなさい。

今だけ。身体だけ。せめてと求めてしまう卑怯《ひきょう》な自分。

「ここで脱がせていいですか」

「………………」

シャツのボタンに手をかけると、慶太郎はアルミ缶をテーブルに置き、そっと目を閉じた。

☆★☆

その日、都内のイベントホールで間質性肺炎に関する研究会が行われた。終わったのは夕刻で、食事がてら若手で飲みに行こうということになった。音頭を取ったのは出席者の中では一番年長の鯨岡だった。

週末金曜の夜。

バーの片隅で、四人の医師たちはテーブルに置かれた鯨岡のスマホを覗き込んだ。

「これが……」

写し出された画像に、一番若い佐々木《ささき》がカシスソーダを手にしたまま「うわぁ」と唸《うな》った。

「原因不明。治療法もないそうだ」

鯨岡はスマホを上着のポケットにしまうと、バーボンのグラスを傾けた。

中国の奥地で医師をしている鯨岡の友人が送ってきたというその画像には、痩《や》せ細った若い女性が写っていた。まだ二十代だという彼女の背中を覆い尽くすように浮かんでいる模様は、なんと蛇《へび》の鱗《うろこ》そのものだった。佐々木のように声こそ上げなかったが、かなり刺激的なその画像に、慶太郎も少なからずぎょっとした。

「魚鱗癬《ぎょりんせん》の一種じゃないんですか」

慶太郎より三つ年上の菊池《きくち》が、遺伝子の異常が原因とされている皮膚《ひふ》病名を挙げた。鯨岡は「いや」と首を振る。

「彼女の場合、この皮膚症状が出たり消えたりするというんだ。それだけじゃない。信じられないことだが症状が出ている間、舌先がふたつに割れて細長く伸びるらしい」

「なんですかそれ」

菊池が目を剝いた。

「まさか蛇女――」

不謹慎な佐々木の発言を、菊池が「めっ」と窘めた。

「症状が出たり消えたりするのを、そのご友人は実際にご覧になったんですか」

菊池はやや懐疑的だ。

「目の前で見たそうだ」

「舌先が割れるのもですか」

「ああ。驚いて尻もちをつきそうになったと言っていた。なあ、ぴーちゃんはどう思う」

突然振られ、慶太郎は飲みかけのウーロン茶に軽く噎《む》せた。

「どうって、けほっ、言いますと」

「ぴーちゃんの見解だよ。常識的に考えたらあり得ねえだろ。奇病中の奇病だ」

「皮膚症状については、確かに菊池先生のおっしゃるような、遺伝子異常に起因する病態に酷似していますが、現れたり消えたりするとなると、舌の変形も含めた一連の症状を引き起こす外因があるんじゃないでしょうか。たとえばアレルギー……」

ひとりだけアルコールの入っていない慶太郎の理路整然とした見解に、一同は「なるほど」と深く頷いた。

「さすがはぴーちゃん。いつも冷静だ」

鯨岡は妙に嬉しそうに何度も頷きながら、グラスに残っていたバーボンをくいっと空けた。

「佐々木先生も、蛇女なんてファンタジックなこと言っていると、いつまで経っても柊先生みたいになれないぞ」

にやにやと突っ込みを入れる菊池に、佐々木は心外だとばかりに口を尖らせた。

鯨岡は本気でアレルギーが原因だと思っているのだろうか。皮膚症状だけならまだしも舌先が割れて長く伸びるなんてあり得ない。しかし「あり得ない」と「起こらない」は別だということを、慶太郎は嫌というほど知っている。

「もしくは」

壁の一点を見据えたままぼそりと呟いた慶太郎に、三人が振り向く。

「もしくは？」

「魔法でしょうね」

「まっ……」

「でなければ呪《のろ》いです」

「…………」

リアクションに困った様子で三人は互いに目を見合わせた。

「おい誰だ、ぴーちゃんのグラスに酒を入れたのは」

ドスの利いた鯨岡の声に、佐々木と菊池はめっそうもないと慌てふためく。

「ぴーちゃん、どうしたんだ。魔法とか呪いとか。具合でも悪いのか？　ん？」

がらりと声色を変え、鯨岡は慶太郎の顔を覗き込む。

「どうもしませんよ。見解を述べただけです」

「見解って……」

絶句する鯨岡と菊池をよそに、佐々木は「ほらね」と得意顔だ。

「やっぱり蛇女なんですよ。蛇の神さまの呪いなんですって」

「だから蛇の神さまってなんなんだよ」

菊池の突っ込みに、佐々木はしれっと答える。

「知りません。けどアレルギーで皮膚や舌が蛇みたいになるなんて、僕にはそっちの方が信じられません」

「じゃあ佐々木先生は、実際目の前に彼女と同じ症状の患者さんが現れたらどうするんだ」

「絶対に現れません」

佐々木はきっぱりと言った。

「だって僕、呼吸器外科医ですから」

「そこかよ」

ダメだこいつと菊池が笑い出す。なんでですかと口を尖らせた佐々木が菊池に絡み出したところで、隣の鯨岡が慶太郎に囁いた。

「ぴーちゃん、この後ふたりでもう一軒どうだ」

――始まった。

本当に、何度断ったら諦めてくれるのだろう。その熱意にはいっそ感心する。

「申し訳ありませんが、今夜はちょっと」

「ちょっとなんだ」

「ちょっと用事が」

「俺もぴーちゃんに用事がある。話があるんだ」

「お話ならここでお願いできますか」

慣れたやりとりに少しばかり気を許していた慶太郎だったが、耳元で囁かれたひと言に凍りついた。

「猫耳についてだ」

「…………えっ」

酔ってなどいないのに、ぐらりと視界が揺れた。

いつ、どこで、どうして知られてしまったのだろう。

「なぜ、それを」

ようやく絞り出した声は、掠《かす》れて震えていた。

「認めるってことだな」

鯨岡の鋭い視線に射られ、身動きができない。

「どうしてなんだ」

「どうしてと、言われましても」

　原因がわかっていたら、とっくにどうにかしている。

「なんで俺じゃないんだ」

「さ、さあ、なぜでしょう」

自分が代わってやりたいという鯨岡の愛なのだろうか。それとも鯨岡は猫耳や尻尾が欲しいのだろうか。欲しいというのならいつでもくれてやる。

「解せない。まったくもって解せない。なぜなんだ」

「ですから、私に聞かれましても」

「なんで俺じゃなく、あいつなんだ」

――あいつ？

慶太郎は目を瞬かせた。

鯨岡は左右にゆらゆらと揺れながら、地面に穴でも空けそうな大きなため息をついた。

「あんなガキんちょのどこがいいんだ。まだ研修医だそうじゃないか。ぴーちゃんには食べ頃に熟した男のフェロモンってもんがわからないのか。あんな……あんなケツの青そうなガキにコスプレ用の猫耳付けられて、一体全体何が楽しいんだ。嘆かわしい」

「わわ、鯨岡先生、いつの間に空けちゃったんですか」

菊池が、一滴残らず飲み干されたバーボンのボトルを振った。

「ぴーちゃんにはな、男を見る目というものが徹底的に欠けている。俺の誘いをことごとく断ってあんなクソガキと猫耳プレイなんて！　あんな、ただちょっと顔がいいだけの青二才のどこがいいんだ。あんな……あんな……」

あんなあんなと嘆きながら、鯨岡はガツンと音をたててテーブルに突っ伏した。


酔いつぶれた鯨岡をタクシーに乗せ、もう一軒行くという菊池と佐々木と店の前で別れた。ひとりになった途端、なんともいえない脱力感に襲われた。

猫耳、と囁かれた時はついにその時が来たかと覚悟したが、鯨岡が自分と薫平の仲を邪推しただけだとわかりどっと力が抜けた。さしずめ先日の岳との一件をどこからか聞き及び、薫平を「ぴーちゃんが猫耳プレイをする相手」とでも思い込んだのだろう。

手術の腕は超一流なのに。自分とは別の意味で、鯨岡もバランスの悪い人間だと思う。

――蛇女か。

以前の自分なら「くだらない」と笑い飛ばし、原因の考察などする気にもならなかっただろう。けれど今の慶太郎は、遠い中国の奥地に住む奇病に冒された女性に、ただならぬシンパシーを感じてしまう。

人は、特に理系の人間は、目の前で起きたことしか信じない。現象が特異であればあるほど、不可思議であればあるほどその傾向は強まる。

時に蛇になる女。時に猫になる男。実際に目にした者以外は、誰も信じない。

ふと薫平の笑顔が浮かんだ。スマホを取り出そうとして思い留《とど》まる。

確か今夜は、医学部時代の友人たちと飲みに行くと言っていた。

――月曜の朝一で、鯨岡先生の誤解を解かないと。

夜の街を歩きながら、慶太郎は嘆息した。

――本当に誤解なのだろうか。

ふと過った思いに足が止まる。鯨岡が疑っているのはプレイ云々《うんぬん》ではなく、薫平と自分が恋仲ではないかということだろう。

猫耳の件で騒ぎが起きた時は、正直すべてが終わったと思った。

『この先生だよ。猫のお耳が生えてたの！』

岳の声に頭が真っ白になった。何も考えることができなかった。

薫平が咄嗟《とっさ》の作り話で助けてくれなかったら、あの場で倒れていたかもしれない。自分のためにニセの猫耳まで用意していたことも、あの時初めて知った。

礼を言おうと訪ねた小児科のナースステーションで、薫平の同僚が『二重人格だ』と自分を揶揄《やゆ》するのが聞こえた。好きでこうなっているわけじゃないのにと唇を噛んだ。どうせ誰にもわからない。わかってもらおうとも思わない。

心が萎えそうになった時、薫平の声が聞こえた。

『誰彼かまわず感情をぶつける人間より、よっぽど立派だと思うけど』

我知らず滲んだ涙に、慶太郎自身が驚いた。嬉し涙だった。じんわりと心が温かくなっていくのを感じた。直後、薫平が中から出てきて、慌てた慶太郎は素直に礼を告げられなかった。だからその夜、薫平の家に出向いた。

用が済んだらすぐに帰ろうと思っていたのに、結局泊まってしまった。薫平の顔を見た途端、帰りたくなくなってしまったのだ。朝からいろいろなことがあって思いの外《ほか》疲れていたのだろう。ひとりになりたくなかったのかもしれない。

一緒に風呂に浸かり、ふたりして二回ずつ果てた。ぐったりしていたのは身も心も満たされたからだったのに、薫平はまるで無理強いをしたかのようにすまながって「自分はソファーで寝るから」とベッドを慶太郎に明け渡した。

慶太郎としては先日のような、少々刺激的な行為もやぶさかではなかった。なのに薫平はしなかった。今さら自重する必要などないのにと、大いにがっかりしている自分に驚いた。

ベッドに身体を沈めた途端、薫平の匂いに包まれた。トクトクと鼓動が速まった。薫平の引き締まった身体、労るような優しい声、吐息、すべてがリアルに脳内で再生され、性懲《しょうこ》りもなく身体が反応しそうになった。

とろとろと眠りに落ちながら、得も言われぬ安堵感を覚えていた。あまり意識したことはなかったが、もしかすると自分はいつも、薫平に帰って欲しくなかったのかもしれない。最近の自分はどんどんわがままになっている気がする。こんなに尽くされているのに、薫平が「責任」と口にするたび心乱れてしまう。

これ以上薫平にどうしろと言うのだろう。これ以上何をよこせと言いたいのか。

胸の奥底で日々確実に膨れ上がっていく思いに、慶太郎は人知れず困惑していた。空けたままのドアの向こうで、薫平がもぞもぞと寝返りを打った。脚をはみ出させてソファーで寝るくらいなら一緒にベッドで眠ればいいのにと思った。素股までしておきながら妙なところで律儀なのだ。しかしそれが薫平の薫平たる所以《ゆえん》であり、だからこそ自分はこんなにも彼に心を許しているのだろう……などと考えているうち、いつしか夢の世界の住人になっていたのだった。

駅が近づいてきた。間もなく日付も変わろうというのに、往来は一週間の疲れを酒で癒す人々でいっぱいだ。最終電車に間に合うだろうかと、腕時計に目を落とした時だ。

「慶太郎?」

正面から近づいてくる声に、顔を上げた。

「やっぱ慶太郎だ」

にこにこと手を挙げたのは、幹太だった。

「久しぶりだな」

「おう。元気だったか慶太郎――って、この前電話で話したばっかりだよな」

「そっちも飲み会か」

「ああ。たった今二次会が終わって、解放されたところだ」

せっかく会ったのだからと、ふたりは駅前のカフェに入った。

席に着き、注文もそこそこに互いの近況を語り合った。とは言ってもほとんど幹太の一方的な報告と愚痴だったが、それでも慶太郎は耳を傾けるのが苦痛ではなかった。

高校を卒業して、思えば干支《えと》がひと回りした。なのにこうして顔を合わせれば、まるで昨日校門の前で「じゃあな」と別れたばかりのように話せる。同じ道を選んだからということもあるが、たとえ別の職業に就いていたとしても、幹太とならいつどこで再会しても「よう」と片手を挙げ、あの頃に戻れる気がする。

そんな友人は幹太しかいない。

「とにかく俺は〝見える〟人間らしいんだ。ありとあらゆる霊が見えちまう。あっちから寄ってくるのかもしれない」

「じゃあなんで医者になんかなったんだ」

「こんなに見えるってわかってたらなんなかったさ。黙って大人しく実家を継いだよ」

「お前ん家、漢方薬局だったよな」

「親父《おやじ》、まさか俺が本当に医学部に合格するとは思ってなかったみたいでさ、この前実家に帰った時、『歴史あるこの店も俺の代で終わりか』なんてしんみり言われたよ」

遅くにできた子供だからめちゃくちゃ可愛がられて育ったんだよね。幹太はよくそんなことを言っていた。

脳裏に浮かんだ幹太の両親の、優しい笑顔が懐かしい。遊びに行くといつもふたり揃って顔を出し『慶太郎くん、幹太に勉強教えてやってね』と決まり文句のように言っていた。

「ご両親、元気なのか」

「元気元気。ふたりして風邪ひとつひかないのもお通じがいいのも、ひとり息子が奇跡の医学部合格を果たしたのも、すべて漢方のお陰だそうだ」

「案外そうなのかもな」

「んなわけあるか」

ふたりして笑った後、ふと聞いてみたくなったのはほんの気まぐれからだった。

「そういえば昔、お前薫平とふたりで変な飲み物作ったろ」

「変な飲み物？」

幹太はコーヒーカップを手にしたままきょとんと瞬きをする。

俄《にわか》には思い出せないらしい。

「お前らが四年の夏だ。生薬を混ぜ合わせて、ペットボトルに入れて」

「ペットボトル……ああ、あったあった、そんなこと」

ようやく記憶が蘇ったらしく、幹太は「懐かしい」を連発した。

「慶太郎、よくそんなこと覚えてるな。ていうかお前、あの場にいたっけ？」

「後から薫平に聞いたんだ」

「ふうん。で、なんでまたそんな古い話を？」

慶太郎は中身が半分になったカップをソーサーに置いた。

「具体的に、何を混ぜたのか覚えているか」

「あのドリンクの中身ってこと？　うーん、さすがに詳しいことは覚えてないなあ。でも大したものは入れなかったはずだぜ。変わったものと言ったら、せいぜいイモリの黒焼きくらいで」

「イモリの黒焼き、本当に入れたんだ……」

何かの間違いであって欲しいという一抹の願いは、四年の時を経て無残に打ち砕かれた。

「本当にも何も、それが主役だったんだ」

「主役？」

「慶太郎も、イモリの黒焼きの効能くらいは知ってるだろ？」

「ああ」

当時は知らなかったが、己の身に起こった現象を追究する過程で調べた。

その昔より、イモリの黒焼きには精力剤としての効力があるとされている。

「ぶっちゃけてしまうとさ、俺と薫平は、媚薬《びやく》を作ろうとしたわけ」

「媚薬？」

「そう。惚《ほ》れ薬」

当時幹太は、同じサークルの女の子に片思いをしていた。なんとか思いを伝えたいが、自称シャイボーイの幹太には、正面から告白する勇気がなかった。悩んでいたある日、薫平がぼそりと言った。

『惚れ薬でもあればいいのにな』

漢方薬局のひとり息子が、その言葉に飛びつかないわけはなかった。なけなしの知識を総合し、一《いち》か八《ばち》かで作り上げたのがあのクソ不味い飲み物だったのだという。

「で、どうだったんだ。効いたのか」

身を乗り出して尋ねる慶太郎に、幹太は「まさか」と笑った。

「彼女には飲ませていない」

「どうして」

「万が一にも彼女に何かあったらどうするんだ。そもそも本人の承諾もなく飲ませた時点で犯罪だぞ」

身も蓋《ふた》もないことを言いながら、幹太は肩を竦めてみせた。

「若気の至りで必死になって作ってはみたものの、媚薬の力を借りてＯＫもらっても、後で心苦しくなるだけだと気づいたんだ」

結局幹太は告白することもできず、彼女が今どこで何をしているかも知らないという。

「まあ飲ませたとしても、どのみち何も起こらなかったけどな」

「どうして言い切れるんだ」

「実証したからさ。俺がこの身体で」

「……え」

「飲んでみたんだ。でも何も起こらなかった」

「飲んで……」

あの薬を、幹太も飲んでいた。

その事実を脳が理解するまでしばらく時間がかかった。

「ほ、本当に、飲んだのか」

「ああ。作ってすぐに三口ぐらい飲んだかな。激マズだった」

当時を思い出したのだろう、幹太はおえっと吐く真似をしてみせた。

「ほ、本当に、なんともなかったのか」

「だから何も起こらなかったって言ったろ」

「た、たとえば、頭がむずむずしたり」

「別にしなかったな」

「た、たとえば、尻から何か生えてきたり」

「別に。ていうか何かってなんだよ。イモリの祟《たた》りで尻尾が生えるとか？」

なんのギャグだと幹太は大笑いした。

「そういえば薫平にも同じこと聞かれたな」

「……薫平に？」

「ああ。俺が『飲んでみた』って言ったらあいつ『何か変わったことは起きなかったか』って食いついてきた。『起きるわけないだろ』って答えたら『だよな』って。大体イモリの黒焼きでどうのこうのなんておとぎ話みたいなもんなの。ただの迷信。お前ら漢方に夢見すぎ」

——どういうことだ。

慶太郎は、コーヒーのおかわりを注文する幹太を呆然と見つめた。

作ってすぐにと言うのだから、飲んだのはおそらく幹太が先だ。慶太郎はひと口しか飲んでいないが、幹太は三口も飲んだ。それなのに、耳も尻尾も生えなかったというのか。

——どういうことなんだ。

慶太郎はひたすら混乱する。

幹太に変化が起こらなかったことがイレギュラーだったのか、自分の身に起きたことがイレギュラーだったのか、今となっては確かめようもない。飲んだ分量が繊細に関係しているのかもしれないし、まったく別の要因が関係しているのかもしれない。

いずれにせよ不思議なのは、幹太の身体に変化が起きなかったという事実を、薫平がなぜ自分に報告してくれなかったのかということだ。

薫平は四年前からその事実を知っていた。『何か変わったことは起きなかったか』と幹太に確認しているところをみると、慶太郎に起こったのと同じ現象が幹太にも起きた可能性を疑ったのだろう。当然のことだ。

考えれば考えるほど妙だ。

薫平は頭のいい男だ。その誠実な性格に鑑みれば『俺が守ります』『責任を取ります』と宣言するより先に、まず事態の打破を試みるような気がする。けれど彼はそうしなかった。それどころか生薬の効能について躍起になって勉強する慶太郎の横で、図書館から借りてきたまったく関係のない本を、夜ごと読みあさっていた。

積極的に原因を探ったところでどうにもならない。起きてしまった事実を受け入れよう。決して他人に知られることのないように。ふたりだけの秘密にすればいい——。

薫平はそう考えていたのではないだろうか。あの頃も、そして今も。

「あ、そうそう。薫平と言えばさ」

気づけば幹太は二杯目のコーヒーにミルクと砂糖を投入し、すでに半分飲み干していた。

「実はさっき見かけたんだ。その先のホテルのラウンジで」

「え？」

「それがさ、なんと例の人と一緒だったんだ。あんまりいい雰囲気だったから、声かけられなかったけど、ほんと、よかったなーとしみじみ思った。あいつもようやく人並みの幸せを手にしたんだな」

「例の……人？」

「ほら、薫平がずっと片思いしていた」

呆然と固まった慶太郎に、幹太はハッと口を噤《つぐ》んだ。

「もしかして慶太郎、薫平から何も聞かされていないのか」

頷くことだけで精一杯だった。幹太はやっちまったという顔で小さく舌打ちをした。

「ごめん。お前たち仲良さそうだったから、てっきり」

謝る相手が違うだろと思ったけれど、言えなかった。喉の奥に石でも詰め込まれたみたいなこの気分を、なんと呼べばいいのか慶太郎は知らない。

「参ったな」

半端に情報を漏らしたまま「聞かなかったことにしてくれ」とは言えなかったのだろう、ばつが悪そうに頭を掻きながら幹太が話してくれた。

薫平には学生時代から何年も片思いをしている男性がいた。けれど相手はゲイではない。

叶わぬ恋だとわかっているし、相手に迷惑がかかるからと、決して自分からアクションを起こそうとはしなかったという。

「そんなに、好きだったのか」

ようやく出たのは絞りかすのような、しゃがれ声だった。

「本気で好きだったからこそおいそれとは近づけなかったんだと思う。相手の人に彼女がいた時期もあったみたいだし。遠くから見ているだけでいいんだって、薫平いつも言ってた」

「その人と、薫平が？」

「俺もその人の顔や名前まで知ってるわけじゃないけど、多分間違いないだろうな」

「どうしてわかるんだ」

「同じ側に座ってたからさ」

「同じ側？」

「俺とお前は、こうやってテーブルを挟んで向かい合って座ってるだろ。薫平とその人は、ラウンジのふたりがけソファーに並んで座ってたんだ。よっぽど親しい人としかそんなふうに並んで座ったりしないだろ。それに実は俺、今日薫平に振られたんだ」

昼休み、幹太は久しぶりに薫平と飲みたくなり誘った。よほどのことがなければ大抵「OK」の返事が来るのに、今日は「悪い、今日は無理」と返ってきた。

「しかも速攻。いつもなら必ず誰と会うから無理とか、どこそこへ教授のお伴《とも》だからゴメンとかいうひと言があるのに、今日はそういうの一切なかったから、なんか変だなと思ってはいたんだ」

「…………」

「遠くからだったけど、優しそうな人だったぜ。薫平、楽しそうだった」

明日薫平に謝ると言う幹太を、全力で止めた。

自分は聞いていない。何も知らない。そういうことにしておいてくれと頼んだ。

根が真面目な幹太は納得できないようだったが、慶太郎の必死さに負けたのだろう、最後は「わかったよ」と承諾してくれた。

店の前で幹太と別れ、タクシーで帰宅した。脱いだ靴を右、左と玄関のたたきに放り投げ、鍵をキートレーに投げ入れると、上着を着たままベッドにダイブした。

ぎゅっと目を瞑る。飲んだわけでもないのに頭がくらくらした。

同級生と飲みに行くという話を、信じて疑わなかった。薫平に嘘をつかれたことは今まで一度もない。だから余計に信じられなかった。

『ずっと好きだった』『片思い』『本気で好きだったからこそ』『優しそうな人』。

幹太の言葉が耳の奥でぐるぐる回っている。

本気？　好き？　片思い？　なんだよそれ。

追いかけるように、自分の声も回る。

俯《うつぶ》せからゆっくりと仰向けに姿勢を変え、慶太郎は天井を睨み上げた。

誠実で優しくて面倒見がよく見た目も申し分なくて、恋人がいないのが不思議なくらいだったがゲイだと聞いて納得した。マイノリティゆえの気後れが邪魔をしていただけで、薫平はひっそりと大切に恋を育んでいたのだ。

思い返せば面と向かって薫平に「恋人はいるのか」と尋ねたことは一度もなかった。いつ呼び出しても飛んできてくれるから、特定の恋人はいないのだと勝手に思い込んでいた。

もっと早く確認しておけばよかったのだろうか。そうすればこんなふうに突然幹太から聞かされて、目眩《めまい》がするほど驚くことはなかったのだろうか。

——にしても……。

もぞもぞと、慶太郎はまた俯せになる。

なぜ自分はこんなにショックを受けているのだろう。

めでたいことじゃないか。相手が同性だろうが異性だろうが、そんなのは些末なことだ。薫平がずっと思いを寄せていた人と心を通わせることができたのだから、こんなに喜ばしいことはない。

薫平と過ごす時間がどれほど心地よいものかを、慶太郎は身をもって知っている。一緒にいる人間をさりげなく気遣い、そうと悟られないように尽くす。そんなことができる人間は周囲を見回しても多くはない。

「よかったじゃないか、薫平」

声に出してはみたものの、小学生の学芸会のようでどこか空々しい。台詞に心が籠もっていないのは目の前に本人がいないからではなく、本音ではないからだ。

心から祝福してやれない。おめでとうと言えない。

——なぜだ。

幾度となく頭に浮かんでは、いつも途中で放り出してきた疑問が、ここへきてまたむくむくと首を擡《もた》げる。

自分と薫平のこの関係は、一体なんなのだろう。

セックスではないと、薫平は衒《てら》いもなく言い切った。あの時なぜか切り捨てられたような気がした自分は、彼に何を期待していたのだろう。セックスだと言われたらどうするつもりだったのだろう。もし薫平が最後までしたいと願ったら……。

「だからそれはあり得ないって」

ひとりごちながら、ごろりと今度は横を向いた。

薫平の心にあるのは常に償いであり、贖罪だ。

そこに何か意味を見い出そうとすること自体、無意味なのだ。

今さらのように気づいたことがある。

身体の隅々まで触れることを許しているにも拘《かか》わらず、慶太郎は薫平とキスをしたことがない。素股までしているのに、ただの一度も唇を合わせたことがないのだ。

薫平はその男とどんなキスをするのだろう。

——もしかしたら今頃……。

ポケットの中でスマホが震えた。表示された名前に、慶太郎はびくんと飛び起きた。

「もしもし」

『すみません、夜遅くに。もうお休みでしたか』

「寝てたらこんなにすぐ出られないだろ」

『ですね』

薫平がクスッと笑った。

『明日でもよかったんですけど』

「なんだ」

『慶太郎さんの曾お祖父さん、Z県の山奥に住んでらっしゃるって言ってましたよね』

「それがどうした」

こんな夜中に一体なんだと、慶太郎は眉根を寄せた。

『Z県のどこか、よかったら教えてもらえますか』

そんなことを聞いてどうするんだと思ったが、時間も遅いことだし手短に答えた。

「黙天領村《もくてんりょうむら》というところだ。沈黙の黙に、お天道《てんとう》さまの天に、領域の領。それがどうかしたのか」

『いえ。ありがとうございました』

「それより、楽しかったか？」

『え？』

「飲み会だったんだろ？　医学部時代の友達と」

　一瞬の間があった。

『あ……はい、楽しかったです。とっても』

　嘘のつけない男だ。慶太郎は苦い嗤《わら》いを浮かべた。

「薫平」

『……はい』

「お前さ」

『……はい』

「いや、なんでもない」

　言いかけてやめた。

　スマホの向こうで薫平が、叱《しか》られる子供のように縮こまっているような気がした。

　おやすみを交わし電話を切ると、慶太郎は力なくベッドに横たわった。

「嘘ならもうちょっと上手くつけ」

泊まっていけと言っても、いつも帰宅する薫平。

同じベッドで寝ようとしない薫平。キスをしない薫平。

その意味が今、ようやくわかった。

薫平は律儀なのではない。遠慮していたのでもない。慶太郎との間にはっきりと一線を引いておきたかったのだ。

薫平の恋愛対象は同性だ。ということは自分の処理を手伝う時、身体に触れる時、本能的に揺れ動くものがあったはずだ。けれど一度として自分で引いた一線を越えようとはしなかった。それは他でもない、今夜会っている彼——長い片思いの末ようやく結ばれた恋人の存在があったからだ。

自分は誠実な人間ではないと薫平は言った。あの時は謙遜しているだけなのだろうと思ったが、そうではなかった。好きな人がいるというのに、身体だけとはいえ他の男と淫《みだ》らな行為をしている自分は、誠実ではない。薫平はそう言いたかったのだ。

そうとも知らず、暇さえあれば呼び出していた。ピンチを救ってもらい、自分仕様の特製ラーメンを作ってもらい、風呂で全身を洗ってもらい、身体だけでなく心の隅々まで気持ちよくしてもらい、そんな毎日が気づけば当たり前になっていた。

薫平は嫌そうな顔ひとつせず、いつも楽しそうですらあった。だから気づかなかったのだ。

責任という言葉に甘え、四年もの間薫平をがんじがらめにしていた。

――解放してやるべきなのかな。

もう何度目かもわからない寝返りを打つ。

恋人ができたと知ってしまった以上、今の関係を続けることはできない。薫平のことだから、自分から切り出すことは難しいだろう。ここはひとつ年長者らしく、こっちから「もう終わりにしよう」と言ってやるのが筋というものだ。

――でも……。

なんだろうこの気持ちは。

どうしてこんなに重苦しい気持ちになるのだろう。

慶太郎は悶々《もんもん》としながら、眠れない一夜を明かした。


もやもやとしているうちに週が明けた。ここ数年、週末は必ずと言っていいほど薫平と一緒に過ごしていたが、昨日も一昨日も慶太郎は呼び出しの電話をかけなかった。当然と言えば当然のことだが、薫平から連絡が来ることもなかった。

ぼんやりした頭のまま出勤したが、ひとたび白衣に袖《そで》を通せばシャンと背筋が伸びる。その日は午後から大きな手術が入っていて、慶太郎が医局に戻ったのは日もとっぷりと暮れた頃だった。慣れているとはいえ長丁場だったので、さすがにくたくたになった。

「お疲れさん」

ソファーでぐったりしていると、背後からポンと肩を叩かれた。鯨岡だった。

「午後のオペ上手くいったそうだな」

「ありがとうございます」

「予定よりずいぶんかかったじゃないか」

「思っていたより癒着《ゆちゃく》が強かったので」

肺がんのステージⅡ。肺葉切除とリンパ節郭清《せつかくせい》を行った。事前に検査を重ね入念にシミュレーションをしていても、実際に開いてみなければわからないことも多い。今回も想像していたより癒着が強固で手術時間が大幅に延びた。おまけに想定以上の出血が起こり、輸血まで行うハメになった。

病に苦しむ人を助けたい。幼い頃からの夢だった。明日も明後日も重い病を抱えた患者が自分を頼ってやってくる。猫耳や尻尾が生えたくらいで、この仕事を辞めるわけにはいかない。

「科長が褒めていたぞ。柊先生はこの頃どんどん腕を上げているって」

「伸びしろがあるということは、まだまだだということです」

「相変わらず素直じゃないねえ」

まあそこがいいんだけどさと肩を竦めながら、鯨岡は慶太郎の耳元に囁いた。

「ぴーちゃん、ちょっといいか」

何ごとかと見上げると、鯨岡は声には出さず顎でドアの方を指した。ここでは話しづらい話題なのだろう。すっかり忘れていたが、鯨岡は薫平と自分の関係を曲解したままだ。

——誤解を解いておかないとな。

慶太郎は疲れ切った身体に鞭《むち》打ち、尻をソファーから引き剝《は》がした。

人気のない廊下の端で、窓の外を見つめながら鯨岡はなかなか話を切り出さない。

こんなところに連れてきたのだから、仕事の話ではないのだろう。

「あの……」

「ぴーちゃん」

慶太郎が痺れを切らすのと同時に、鯨岡が口を開いた。

「はい」

「ぴーちゃんさあ、隠しごとはよくないな」

「隠しごと、ですか」

「どんな理由があるのかは知らないが、ひとりで秘密を抱え込むのはよろしくない」

「おっしゃっていることが……わからないんですけど」

秘密というフレーズにぎくりとしたが、鯨岡のことだ、どうせまた金曜の夜のように何かつまらない勘違いをしているのだろうと思い直した。

行き交う車のヘッドライトを見つめていた鯨岡がゆっくりと振り向く。

その視線には、いつものからかうような軽さはなかった。

「秘密主義はよくないと言っているんだ」

「ですから秘密なんて」

「知ってしまったんだ」

「知って……？」

何を知ったというのだ。

――まさか。

背筋をひやりと冷たいものが走る。真顔の鯨岡が一歩、二歩と近づいてきた。

「ぴーちゃん、腹が弱いって、あれ嘘だろ」

「……え」

「しょっちゅうトイレに駆け込んで、みんなに陰で、まあ俺は正々堂々とだが、ぴーちゃん先生なんて呼ばれてそれを黙認しているけれど、特別腹が弱いわけじゃなかったんだな」

「…………」

「ぴーちゃんが頻繁にトイレに行く本当の理由を、俺はついに知ってしまった」

――どうしよう。

身体中の毛穴から汗が噴き出してきた。心臓がバクバクと踊り狂う。

窓越しにとはいえ岳に猫耳を見られたということは、他に目にした人間がいても不思議ではない。何百人もいる大学内の医師の中で、一番接触時間が長いのはおそらく鯨岡だ。

「ぴーちゃんが出た後の個室に、これが落ちていた」

鯨岡がポケットから取り出したものを目にした瞬間、慶太郎の呼吸は止まった。

「猫の毛だよな、これ。しかも本物だ」

「…………」

「それからこれも、落ちていた」

続いて差し出されたのは煮干しの欠片だった。ポケットから取り出した時にこぼれ落ちたのだろう。

「説明してもらおうか、ぴーちゃん」

確信があるのだろう、鯨岡は落ち着き払った口調で詰め寄ってきた。

――ついにこの時が来てしまった。

絶体絶命。慶太郎は目を閉じ、天を仰いだ。

――薫平……。

胸の奥でその名を呼んだのは無意識のことだった。今までどれほど薫平を頼り、薫平に助けられてきたのか、この期《ご》に及んで慶太郎は思い知る。

「何からどう話せばいいのか……わからないのですが」

拳を握り締めて何とか声を絞り出した途端、鯨岡がパッと破顔した。

「ようやく打ち明けてくれる気になったか」

うんうんと満足そうに頷く鯨岡の顔からは、さっきまでの緊張感が消えていた。

生身の人間に猫耳が生えるという現象を、いともあっさり受け入れられる。鯨岡という男は心のキャパシティが規格外に大きいか、人として大切な何かが欠落しているか、そのどちらかだ。

「最初にひとつ確認したいのですが」

「なんだ」

犯罪に手を染めたわけではない。倫理に反することは何ひとつしていない。

けれどももし陥っている状況が公になれば、職を失うことも覚悟しなくてはならない。

時折見る、あの悪夢のように。

「この件は、もう科長に？」

恐る恐る尋ねると、鯨岡は眉根を寄せた。

「ぴーちゃんは俺をそんな男だと思っているのか。非常に心外だ」

「すみません」

「誰にもしゃべる気はないから心配するな」

とりあえず今のところは口外していないと聞いて、ほんの少しホッとした。

「ご厚情……痛み入ります」

「ただし、俺にだけはちゃんと話してくれ。本当のことを知らないと庇ってもやれん」

うな垂れる慶太郎の頭上に、鯨岡のため息が落ちてきた。

「しかしまたどうして猫なんか？」

簡単に説明できるような現象ではない。

ついでに言わせてもらえば「猫なんか」ではなく「猫になんか」だ。

「可愛いんだろうな」

「………………」

自分で自分を可愛いと言ってのけるほど、慶太郎は厚顔無恥ではない。

「ちょくちょく抜け出すくらいだからな。くそ。いっそ俺も猫になりてえ」

——猫になりたい、だと？

慶太郎は拳を震わせた。

突然猫耳が生えた人間の気持ちがわかるか。耳のみならず尻尾まで生えた人間の気持ちがわかるか。何も悪いことなどしていないのに笑うことも怒ることも泣くことも我慢しなければならなくなった人間の気持ちがわかるか！　魂が叫ぶ。

「実に羨ましい。俺もぴーちゃんに撫でてもらったり、ノドをごろごろしてもらったり、エサもらったりしたい」

「……エサ？」

ちょっと待て。慶太郎は俯けていた顔を上げた。

「あの、鯨岡先生」

「どうせ煮干しだけじゃないんだろ？　猫缶とかミルクとかおもちゃの猫じゃらしなんかもロッカーかどこかに隠してあるんじゃないのか？　まったく。ぴーちゃんがルール違反承知でこっそり猫を飼うほど猫好きだとは知らなかったけれど、一応ここは病院だからな。うっかり見られたのが幼稚園児だったからよかったものの、他の先生や職員なんかに見られた日にゃ、それこそ一大事だ。危険を冒してまでここで飼っているところをみると、ぴーちゃんのマンションはペット禁止なんだな？　悪いことは言わない、この件は俺に任せろ。俺のマンションはペットＯＫだ。なあにちょくちょく会いに来ればいいさ。エサだって煮干しなんかじゃなく最高級のペットフードを毎日用意してやるぞ？　ところでぴーちゃん、その猫は一体どこに隠しているんだ。さっき掃除道具のロッカーは確認したんだが——お、おい、ぴーちゃんどうした」

鯨岡の声が遠くなる。気が抜けると同時に膝《ひざ》が折れた。

へなへなと床に座り込んだ慶太郎は、しばらくの間立ち上がることができなかった。

道端に捨てられていた仔猫《こねこ》を見過ごすことができず、院内に持ち込んでしまった。キャリーケースに入れ屋上の塔屋の陰に置いていたが、寒いだろう暑いだろうと不憫《ふびん》で、時々トイレに連れてきてしまった――。

かなり無理のある作り話を、鯨岡《くじらおか》は微塵《みじん》も疑わなかった。それどころか数日前に逃げてしまったのだと肩を落としてみせると、『それは辛《つら》かったな。きっと戻ってくるから落ち込むな』と涙ながらに励まされ、少しばかり胸が痛んだ。

だからというわけではないがその週末、慶太郎《けいたろう》は初めて鯨岡の誘いに応じた。リスクが伴うことはわかっていたが、レストランにだってトイレはある。

猫耳（及び尻尾《しっぽ》）歴四年。

ハメさえ外さなければ不測の事態は避けられる自信はあった。

「ごちそうさまでした。とても美味《おい》しかったです」

その界隈《かいわい》で一番の高級店のＶＩＰルームに通された。一流の調度品に囲まれ、数万円はするシャンパンで喉《のど》を潤し、二時間以上をかけてフランス料理のフルコースを堪能した。鯨岡の並々ならぬ心意気に、慶太郎は素直に感謝した。

「舌平目《したびらめ》なんていつ食べたきりだろう」

「ぴーちゃんに喜んでもらえるなら毎日でもいいぞ。ウエビラメでもシタビラメでも、好きなのを食わせてやるよ。わははは」

店を出るなり鯨岡は豪快に笑った。つられて慶太郎も小さく笑う。

この四年、薫平《くんぺい》以外の相手とふたりで食事をしたことはなかったが、案ずるより産《やす》むが易しというやつで、懸念していたようなことは起こらなかった。

鯨岡の話は有《あ》り体《てい》に言ってとても勉強になる。顔を見れば口説《くど》き文句を口にするのには辟《へき》易《えき》するが、医療に関する知識は広く深く、彼が非常に勉強家だということがよくわかる。仕事に関しては、尊敬できる先輩だ。

「嫌なら断ってもいいいんだが、というか多分断られることを承知で誘うんだけど……ぴーちゃん、もう一軒行かないか」

あまりに予想通りの誘いに慶太郎は苦笑する。正直かなり迷惑ではあるが、そのバイタリティーには呆《あき》れを通り越しもはや脱帽する。

「申し訳ありません」

路上で丁寧に一礼すると、「いや、いいんだ」と鯨岡は頭を掻《か》いた。

「今夜は付き合ってくれてありがとう。ぴーちゃんとふたりで食事ができるなんて、実にアメージングな夜だ。さぞかしアメージングな夢が見られるだろう」

鯨岡の辞書に、面映《おもは》ゆいという言葉は存在しないらしい。

苦笑しながらもう一度礼を告げ、踵《きびす》を返そうとした時、数十メートル先のカフェからふたり連れが出てくるのが見えた。薄暗くてはっきりは見えないが、小柄な中年の紳士と背の高い若者だ。紳士のコートの襟《えり》を、若者がさりげなく直してやっているのを、慶太郎は何の気なしに見ていた。

紳士が俯《うつむ》きがちに微笑《ほほえ》む。気づかなかったよありがとう。そんな感じだ。

ふたりの横顔が車のヘッドライトに照らされた瞬間、慶太郎は息を呑《の》んだ。

間違いない、若者は薫平だ。ということはあの紳士が薫平の……。

——片思いの相手。

ずっと好きで、だけど伝えられなくて、ようやく思いを通わせることができた人。

慶太郎に嘘《うそ》をつき、幹太の誘いを速攻で断り、ホテルのラウンジで肩を寄せていた人。

——あれが薫平の……。

「どうした、ぴーちゃん」

訝《いぶか》るように慶太郎の視線を追った鯨岡は、その先にいたのが誰かすぐに気づいた。

「戸之倉《とのくら》薫平・二十六歳・牡羊座のO型。うちの小児科の研修医だ。ちなみに牡羊座のO型は、打算的で何ごとも自分優先で損得勘定ばかり、好きになったら不倫も厭《いと》わないというウルトラスーパー自己中だそうだ」

慶太郎との間柄を誤解した鯨岡は、勢いあまって薫平のプロフィールを調べ上げたのだろう。全世界の牡羊座・O型の人々から石が飛んできそうだ。

「一緒にいるのは、T大の新舘《にいだて》教授だろ」

「新舘……？」

ごく最近どこかで耳にした名前だ。記憶の片隅に確かに引っかかっているのに、誰だったか思い出せない。

紳士が不意に顔を上げた。その横顔に、慶太郎は思わず「あっ」と声を上げた。

「この間ロビーでお前と揉《も》めていた、新舘岳《がく》くんの父親だ」

「鯨岡先生、岳くんのお父さんをご存じなんですか」

「直接は知らないが、その道では有名らしい」

鯨岡によると岳の父親・新舘悟《さとる》は、T大文学部文化人類学科の教授だという。専門は国内外の神話・伝説・民話などで、信仰や呪術《じゅじゅつ》、儀礼などに関する書籍を数多く出版している。細やかな取材と調査に裏打ちされた知識は群を抜いており、ソフトな人柄と相まって最近ではニュース番組にコメントを求められることもあるという。

「なーんて、俺もぴーちゃんと岳くんの一件があった後、看護師さんたちから聞いて、初めて知ったんだ。しかしT大病院にも小児科はあるのに、どうしてわざわざうちの大学病院に入院させたのかと不思議に思ってはいたんだが、なるほどそういうわけだったんだな」

恋人、つまり薫平がいるから。鯨岡は暗にそう言った。

慶太郎が初めて岳の名前を出した時、薫平はどんな顔をしていただろう。ロビーで慶太郎と岳が対峙《たいじ》していた時、薫平は新舘とどんな会話を交わしていただろう。どんな表情だっただろう。驚くほど何ひとつ思い出せない。

「奥さんは岳くんを産んで間もなく亡くなったそうだ」

遠ざかっていくふたりの背中を見つめながら、鯨岡が呟《つぶや》いた。

愛する妻を亡くし男手ひとつで幼子を育てる日々の中、薫平の大らかな優しさに触れ、次第に彼の存在を大きく感じるようになり、いつしか恋に――。そんなところだろう。

「なんだぴーちゃん、冴《さ》えない顔だな。まさかマジであの研修医のこと」

「鯨岡先生、行きましょう」

突然振り向いた慶太郎に、鯨岡は驚いたように目を瞬かせた。

「行くって、どこへ」

「もう一軒行こうって、今誘ってくださいましたよね」

「誘った。誘ったけど、でも」

「気が変わったんです」

慶太郎は独身だ。いつどこで誰と食事をしようと酒を酌《く》み交わそうと、誰に遠慮することもない。自由なのだ。

鯨岡とふたりで飲みに行くなと薫平は言った。あの時はわかったと答えたけれど、考えてみれば恋人でもない薫平に、そんな束縛をされる筋合いはないのだ。

鯨岡は「よし」と大きく頷《うなず》く。

「二言はないな、ぴーちゃん」

「今夜はとことん飲みましょう」

「望むところだ。行きつけのバーがあるんだ」

鯨岡は、善は急げとばかりに通りのタクシーに手を挙げた。

「楽しみです」

「強い酒しか置いてないぞ？」

「どんと来いです」

スピリタスでも飲んでやろうかと半ば本気で考えながら、慶太郎は鯨岡に続いてタクシーに乗り込んだ。

おれは自由なんだ。心の中で何度も繰り返した。


激しい頭痛と吐き気で目覚めた。

「痛……」

身体《からだ》を動かそうとすると、肩や背中にも痛みが走った。

ゆっくりと回る天井は、自宅ではないが見覚えがある。

——ここは……。

「目が覚めましたか」

声のする方を振り向こうとすると、ガツンと頭に衝撃が走った。

「つぅ……」

「動かない方がいいです。水を持ってきますから、待っててください」

声の主はやはり薫平だった。なぜ薫平のベッドにいるのだろう。

天井ばかりくるくる回って、頭はさっぱり回らない。

――確か今夜は、鯨岡とレストランで食事をして……。

「起きられますか」

戻ってきた薫平に支えられながら、なんとか身体を起こした。手渡されたミネラルウォーターを喉に流すうち、徐々に記憶が蘇ってきた。

「鯨岡先生は？」

掠《かす》れた声で尋ねると、薫平は大きなため息をひとつついた。

「どこまで記憶があるんですか」

食事を終えてレストランを出たところで、新舘と一緒にいる薫平を見かけた。親しげなふたりの様子に胸がざわざわして、ひとりで家に帰りたくなくなった。鯨岡行きつけのバーにタクシーで乗りつけ、勧められるままに飲んだ。

『なんだなんだぴーちゃん、飲めるんじゃゃないか』

『飲めますよ。飲もうと思えばいくらだって』

『んじゃ、バーボンいくか』

『いただきます』

『いい飲みっぷりだな。ジンはどうだ？』

『いただきます』

『それじゃ、試しにテキーラいってみよう』

『いただきますっ』

途中からは断片的にしか覚えていない。どうやって店を出て、どうやって薫平の部屋に来たのかもわからなかった。前後の状況に鑑みると、自力で辿《たど》り着いたのではないのだろう。

「悪かったな、迷惑かけて」

「………………」

薫平は答えず、空になったグラスにミネラルウォーターを注ぎ足した。

「どうして鯨岡先生とふたりで飲みに行ったんですか」

責めるような口調ではなかったが、なぜだろう胸にさっきのざわざわが蘇ってきた。

テキーラ以降の記憶はないが、新舘のコートの襟を直してやる薫平の姿は目蓋《まぶた》の印画紙にくっきりと焼き付いている。

「この間、行かないって約束――」

「なぜお前に束縛されないといけないんだ」

自分でも思いがけないほど強い口調になった。ベッドサイドの薫平が、びくりとたじろぐのがわかった。怯《おび》えたように瞳を揺らす薫平を、慶太郎は初めて見た。

「いつどこで誰と飲もうがおれの勝手だろ。それとも何か、毎日お前に行動予定表でも提出すればいいのか」

自分は恋人と好き勝手に会っているくせに。

「そんなこと言っていません」

「大体どうしておれが鯨岡先生と一緒だとわかったんだ」

あの時自分は薫平に気づいたが、薫平は一度もこちらを振り返らなかった。

ようやく心を通わせた恋人と一緒なのだから、回りなんて見えなくて当然だろう。

「どうせおれが酔って潰れたから迎えに来てやれと、鯨岡先生が連絡したんだろう」

「違います」

「じゃあおれはどうしてここにいるんだ」

「それは」

薫平が言いかけた時、寝室に静かな振動音が響いた。薫平はポケットから素早くスマホを取り出し画面を一瞥《いちべつ》すると、「ちょっとすみません」と寝室を出ていった。

慶太郎は力なくベッドに横たわる。

「はい……いえ、大丈夫です……こちらこそ、さっきはすみませんでした」

頭痛と吐き気に苛《さいな》まれていても、誰からの電話か見当がつく。せっかくのデートなのに、酔い潰れた先輩医師の回収のために呼び出されてしまい〝すみませんでした〟。

薫平が新舘に謝罪しなくてはならない状況を作り上げたのは、他でもない自分だ。

「明日の件ですか、実はちょっと……ええそうなんです……」

たまらず慶太郎は頭まで布団《ふとん》を被《かぶ》った。

「少し時間を遅らせていただければと……はい……もちろんです。喜んで」

――喜んで……。

慶太郎は布団の中で耳を塞《ふさ》いだ。けれどどんなに強く塞いでも、薫平の嬉《うれ》しそうな声が繰り返し再生されてしまう。

喜んで。喜んで。喜んで。

新舘とふたり、喜んでどこへ行くのだろう。何をするのだろう。

慶太郎は布団の縁をぎゅっと握り締め、おもむろに身体を起こした。

頭は割れそうに痛み、絶えず胃液がこみ上げてくる。けれどここにいるわけにはいかない。

恋人と電話している男のベッドを、朝まで借りることはできない。

足音を忍ばせて寝室を出たが、ダイニングにいた薫平に気づかれてしまった。

「すみません。また後でかけます」

素早く通話を切った薫平が駆け寄ってきた。

「どこへ行くんですか」

「帰る。邪魔したな」

よろよろと玄関に向かうと、薫平に二の腕を摑《つか》まれた。

「ダメです。今夜は泊まっていってください」

「離せ」

「無理しないでください」

「うるさい」

薫平の腕を振り払う。

「なんで切ったりしたんだ、電話。大事な用なんじゃないのか。後でとか言ってないで、早くかけ直せ」

「いいんです」

「よくない」

大きな声を出した瞬間、頭がぐわんと揺れた。

こらえきれない吐き気がこみ上げてくる。慶太郎は口元を押さえ、トイレに駆け込んだ。

「慶太郎さん!」

「うっ……」

「慶太郎さん、大丈夫ですか」

嘔吐《えず》く慶太郎の背中を、追ってきた薫平がさする。

吐いても吐いても水と胃液しか出てこないところをみると、記憶をなくしている間にあらかた戻してしまったのだろう。介抱してくれたのは鯨岡だろうか。それとも薫平か。

「おれは平気だ。早く電話しろ」

少し落ち着いたところで、慶太郎は背中の薫平を振り返った。

「本当にいいんです。大した用事じゃないので」

「明日、約束があるんじゃないのか。聞こえていたぞ」

「聞き間違えじゃないですか？」

表情ひとつ変えず、平然と嘘をつく薫平にむかむかと腹が立ってきた。

「お前って、平気で嘘つくんだな」

床にへたり込んだまま睨《にら》み上げると、薫平はひどく傷ついた表情でうな垂れた。

そんな顔をするくらいなら下手《へた》な嘘などつかず、堂々と打ち明けてくれたらよかったのに。

この人が俺の愛している人です。ずっと好きだった人なんです。

そう言って新舘を紹介してくれたら――。

その時自分は、どうするつもりなのだろう。

薫平に恋人を紹介させる瞬間は、すなわち自分と薫平の関係が終わる瞬間だ。

好きだった人と心を通わせることができた薫平にとって、いくら贖罪《しょくざい》の念からとはいえ、愛してもいない男の性処理を手伝うのは苦痛以外の何ものでもないだろう。

けど薫平からは言い出せない。自分が守るから。自分の責任だから。ずっと言い続けてきた薫平が、自分の都合でやめさせてくださいとは言えないだろう。

どんな理由があっても、誰かを傷つけることを良しとしない。たとえ心はここになくとも。

薫平は、そういう男だ。

「お水持ってきます」

虚《うつ》ろな目をしたまま、薫平が立ち上がる。

「いらない」

「でも」

「いらないと言っただろ！」

腹の底から怒鳴ったら、ひょこんと猫耳が飛び出した。

「あっ……」

——こんな時に……。

三十面《づら》の男に猫の耳。興奮すると尻尾まで生えてくるのだから目も当てられない。

恥ずかしさも悔しさも惨めさも、とっくに乗り越えたと思っていた。

自分は死ぬまでこんな思いをし続けなくてはならないのだろうか。

そう思ったら笑えてきた。

「はっ……ははっ」

力なく腹筋を震わすと、ぽろりと涙が落ちた。

「もういい……もう」

「慶太郎さん……」

「お前だって本当は気持ち悪いんだろ、こんな、猫の化け物みたいな男」

「そんなこと」

「言えよ、正直に。気持ち悪いって」

薫平は頭を振る。

「一度も思ったことありません」

「お前の言うことは嘘ばっかりだ」

「本当です。信じてください」

「信じたいけど……信じられない」

「慶太郎さん……」

ぽろぽろと、涙はとめどなくこぼれ落ちる。

「なんでなんだろうな」

「……え」

「どうしておれだけなんだ。幹太《かんた》だって、同じもの飲んだのに」

幹太の名を出した瞬間、薫平が身を硬くするのがわかった。

「聞いたんですか、幹太に」

慶太郎は力なく頷いた。

「なんでおれだけなんだ？　なあ、お前もおかしいと思うだろ？　同じもの飲んで、なんでおれだけ、耳とか、尻尾とか、気持ち悪いものが」

うっとひとつ嗚咽《おえつ》すると、薫平の腕が伸びてきて、力いっぱい抱き締められた。

「猫耳が生えていても尻尾があっても、慶太郎さんは慶太郎さんです。気持ち悪くなんかありません」

「嘘つき」

「嘘じゃありません」

「もう……疲れたんだ、もうっ」

駄々を捏《こ》ねる子供のように、足の裏でトイレの壁を二度、三度と蹴《け》った。

そうでもしなければ、薫平の胸に縋《すが》り、大声で泣き叫んでしまいそうだった。

「すみません」

なぜ薫平が謝るのだろう。謝らなくてはならないのは自分の方なのに。

——薫平、おれ、病院を辞めることにしたよ。人里離れた山奥で、誰にも会わずひとりで暮らすことにした。だからもうお前に傍《そば》にいてもらう必要はない。お前は今日から自由だ。今すぐ好きな人のところに行け。お前が愛した男のところに——

にっこり笑ってそう言えたなら、薫平はどんなにホッとするだろう。

伝えるべき言葉はすらすらと浮かんでくるのに、喉の奥に詰まって出てこない。

「慶太郎さんを泣かせるなんて、俺、最低ですね」

――違うだろバカ。お前は何も悪くない。最低なのはおれだ。お前がいつも嫌な顔ひとつしないのをいいことに、お前の都合も聞かず好き勝手に呼び出して、何度も何度もその手を汚したこのおれだ――

言えばいいのだ。長い間ありがとうと。さようならと。

「薫平」

「……はい」

抱き締める腕にぐっと力が籠もる。

飛び出した猫耳と髪を慈しむように撫《な》でられて、何も言えなくなってしまう。

ごめんな、薫平。解放してやれなくてごめん。間違ったことをしているとわかっているのに、ひとりで背負いひとりで生きていかなくてはならないとわかっているのに、意気地がなくてごめん。

嘔吐感《おうとかん》が収まるころ、猫耳も消えた。

慶太郎は薫平の腕を借りて、ようやくトイレの床から立ち上がった。

「慶太郎さん」

「なんだ」

「近いうちに、あらたまってお話ししたいことがあります」

「今じゃダメなのか」

「今はまだちょっと。すみません」

薫平の声は、怖いくらい落ち着いていた。

ピリオドを打とうと、先に決意したのは薫平だったようだ。

慶太郎はそっと目を閉じる。

せめて引き際は、年上らしくスマートに受け止めよう。

「わかった」

顔を見られたくなくて、慶太郎は下を向いたまま小さく頷いた。


結局その夜は薫平のベッドで朝を迎えた。目を覚ました時、薫平の姿はもうなかった。

きっと慶太郎が眠ったのを見計らって電話をかけ直し、夜のうちに新館のところへ向かったのだろう。

主のいない部屋はがらんとして、ひどくもの寂しかった。見慣れたはずの本棚や机や、カーペットの染みまでもがいつもと違うように思える。幼い頃、知らない街で迷子《まいご》になってしまった時のような途方もない心細さに襲われた。

謝罪と礼のメモをテーブルに残して自宅へ戻ると、マンションの前に長身の男が立っていた。慶太郎に気づき「よう」と手を挙げる。鯨岡だった。

「昨夜はごちそうになっておきながら、大変ご無礼をしてしまったようで」

「ようでということは、やっぱり覚えていないんだな」

「……ご迷惑おかけして申し訳ありません」

「戸之倉のところに泊まったのか」

「…………」

無言の肯定に、鯨岡は「まあいい」とため息をついた。

「大丈夫なのか」

「二日酔い気味ですが、この通り」

「そうか。よかった」

「いい年してお恥ずかしい。いずれあらためてお詫《わ》びを」

「詫びなんていらない」

いつもの豪放なもの言いは影を潜め、どこか気遣うような声色だった。昨夜は薫平だけでなく、鯨岡にも介抱してもらったのかもしれない。

「あの、クリーニング代を」

「いらない。というかそういう話をしに来たわけじゃない」

「そういうわけには」

「どこまで覚えているんだ」

鯨岡が薫平と同じことを尋ねた。「テキーラあたりまでです」と正直に答えると、鯨岡は「そうか」と小さく頷き「それじゃ。お大事にな」と踵を返そうとした。

「ちょっと待ってください」

休日の朝っぱらにマンションの前で、いつ戻ってくるかもわからない自分を待っていたのだから、それなりに大切な話があるのだろう。

「上がっていってください」

「いや、ぴーちゃんが何も覚えていないならそれでいいんだ」

「覚えていたら平気でいられないようなことをしたんですね」

当直の夜、泥酔して運ばれてくる急患を嫌というほど見てきた。回りに迷惑をかけるほど飲まなければいいのにといつも心で嘆息していたが、まさか自分が酔って記憶をなくす日が来るとは夢にも思っていなかった。

「とにかく上がってください。自分の知らない自分を、誰かに知られているのがとても嫌なんです。どうぞ」

慶太郎はエントランスのロックを解除し、鯨岡を自宅へ案内した。

コーヒーの湯気を挟んで向かい合う。毎日のように病院で顔を合わせていても、こうして自宅のテーブルで向き合うと、勝手が違って妙に居心地が悪い。苦手な担任教師の家庭訪問のようだ。

「誤解のないように言っておくが、戸之倉には昨夜《ゆうべ》のことは他言無用だと念を押されている」

「薫……戸之倉先生のことはお気になさらず。それに昨夜の件に関して、私は〝他〟ではありません」

むしろ主役だ。

「話していただけませんか。何を聞いても驚きません」

「……うん」

気乗りのしない様子で鯨岡はコーヒーを啜《すす》る。

「鯨岡先生」

促すように身を乗り出すと、鯨岡はようやく諦念したのだろう、大きくひとつ頷いた。

「煮干し、いつもポケットに入れているのか」

「煮干し？」

そういえばいつもポケットに入れて持ち歩いている煮干しの小袋が空になっていた。十匹以上入っていたはずだからすべて食べたとは思えない。おそらく前後不覚になって道路に撒《ま》き散らしでもしたのだろう。当年とって三十歳。人生の汚点だ。

「すみませんでした」

慶太郎はうな垂れた。

「謝らなくていい。しかし……正直言うとかなり驚いた」

それはそうだろう。年配の患者からは「菩薩《ぼさつ》」とまで称されている自分が、道路に煮干しをばら撒くほど泥酔したのだから。

「本当のことを言うと、まだ信じられない」

よほど派手に撒いたらしい。

「本当に申し訳ありませんでした」

「だから謝ることじゃない。ぴーちゃんは何も悪くない。誰にも迷惑などかけていない」

路上に煮干しを撒く酔っ払いは、かなり迷惑だと思うのだが。

「いつからなんだ」

「もちろん昨夜が初めてです」

趣味だとでも思ったのだろうか。頻繁に迷惑行為に及んでいると思われてはたまらない。

鯨岡はどこか悲しそうに「今さらそういうごまかしはよせ」と眉根を寄せた。

「何か誤解をされているようですが」

「いいかぴーちゃん、俺はすべてを見たんだ。最初から最後まで」

「……はあ」

「知ってしまったんだ。ぴーちゃんの秘密を」

なんだまたその手の話かと、慶太郎はため息をつく。

「ですからあの猫は逃げてしまって、今はどこで何をしているやら――」

「そうじゃなく」

鯨岡は首を振った。その深刻な表情に、慶太郎はハッとした。

――まさか。

四年間ずっと自制してきた。万が一のことがあってはいけないと。

その万が一とは、まさに昨夜のようなことではなかったのか。

酒で感情のコントロールができなくなり、取り返しのつかないことにならないように、気を引き締めて、気をつけて、毎日毎日……。

「何をご覧になったのか、話していただけますか」

掠れた声で尋ねるのがやっとだった。鯨岡は頷き、ゆっくりと口を開いた。

強い酒をカパカパ空けた慶太郎が意識を飛ばすのに、それほど時間はかからなかった。怒り上戸《じょうご》でも泣き上戸でも笑い上戸でもない。口調ひとつ変えることなく慶太郎はひっそりとレッドゾーンに達した。だからスツールからずり落ちて床に転がるまで、鯨岡もバーテンダーも、慶太郎を「相当飲める男」だと信じて疑わなかったという。

「気づいた時には手の施しようがなかった――というような感じだった。照明が暗くて顔色が変わっていることにも目が据わっていることにも気づかなかった。致し方あるまい」

鯨岡はやや不謹慎な喩《たと》えで言い訳をした。

「戸之倉先生は、鯨岡先生が呼んでくださったんですね」

「はあ～？」

鯨岡は鼻の頭に盛大な皺《しわ》を寄せた。

「なんで俺があいつを呼ばなくちゃならないんだ。勝手に来たんだよ。どこでどう調べをつけたのかわからんが」

念のために脈と呼吸を確認したあと、鯨岡は慶太郎を背負ってバーを出た。そこでいきなり薫平に呼び止められたという。

『修桜《しゅうおう》大学病院小児科の戸之倉と申します』

『知ってる。研修医が何の用だ』

『柊《ひいらぎ》先生をお迎えに上がりました』

『お迎え？　戸之倉先生、柊先生とどういう関係なんだ』

『お答えしないといけないでしょうか』

『なんだと？』

『失礼ですが、どうしてこんなに酔うまで飲ませたんですか。柊先生が滅多にお酒を飲まれないこと、ご存じですよね。あなた本当に医師ですか？　それとも何か下心でも？』

薫平は非常に好戦的で、終始鋭い眼光で鯨岡を睨みつけながら、曰《いわ》く「ふたりの間に埋まっている地雷を無差別にどっかんどっかん踏みまくった」のだという。

「ご冗談を」

「冗談を言うような状況か？」

どこまでも真顔の鯨岡に慶太郎は黙り込む。けれどとても信じられなかった。慶太郎の知っている薫平は、先輩医師に対してそんな失礼なもの言いをする男ではない。

「まったくクソ生意気なガキだ。ぶん殴《なぐ》らなかった自分を褒めてやりたいよ俺は」

すみませんと謝るのも何か違う気がして、慶太郎はそっと俯いた。

『そこをどけ』

『どきません』

『邪魔だ』

『柊先生は俺がご自宅までお送りします』

『だからお前は柊先生のなんなんだと聞いているんだ』

『ですからお答えするつもりはありません』

仁王立ちのままぎらぎらと睨み合っていると、慶太郎が目を覚ました。

『ぴーちゃん、大丈夫か！』

『大丈夫ですか、慶太郎さん！』

互いの呼び方を耳にして、ふたりの間には見えない火花が散ったという。

『鯨岡せんせ……下ろして』
鯨岡の背中で慶太郎がもぞもぞと身動《みじろ》ぐ。
『ぴーちゃん歩けないだろ。家まで送ってやるからじっとしていろ』
『テキーラ、もいっぱい、くらさい……』
『また今度な』
『下ろしてと言っているじゃないですか』
薫平が食ってかかる。
『部外者は黙っていろ』
『部外者じゃありません！』
その声に、慶太郎が反応した。
『薫平……なんでお前が？』
薫平だと？　と目を剝《む》く鯨岡の背中から、慶太郎はするすると地面に下り立った。
右に左にゆらゆら揺れる慶太郎を、左右からふたりが支えた。
すると。
『ええい、離せ！』
ふたりの手を一気に振り払い、慶太郎は両脚を突っ張って胸を張った。
『おれは誰の世話にもならない。おれはひとりで生きていく』

『ぴーちゃん……』
『慶太郎さん……』
呆然《ぼうぜん》とするふたりを前に、慶太郎はポケットからファスナー付きの小袋を取り出した。
そして中から煮干しを数匹摘《つま》み出すと、一気に口の中に放り込んだ。
『これがあればいい……これさえあれば、ひとりでも生きていける』
ぶつぶつ言いながら、慶太郎はむしゃむしゃと煮干しをむさぼる。
『ぴ、ぴーちゃんっ』
『慶太郎さん、ダメです。そんなに一気に口に入れたら――』
『うるふぁい！』
慶太郎の口から飛び出した煮干したちは、薫平のシャツを掠めて地面に落ちた。
『ひとりで生きていくって、それどういう意味ですか』
怯えたような声で薫平が問う。
ゆらゆらしながら、それでも慶太郎ははっきりと答えた。
『お前の庇護《ひご》はぁ、もぉ、いらない！　って意味だ』
『庇護なんて……』
『これからはな、もう、お前の手を煩わすことはないっ。だから安心して――』
『何バカなこと言ってるんですか！』

悲鳴のように薫平は叫んだ。

『手を煩わすって何ですか。いつ、誰が、慶太郎さんに煩わされているなんて言いました？　勝手なこと言わないでください』

『勝手？』

慶太郎はのろのろと薫平を向き直る。その目は完全に据わっていた。

『勝手なのはどっちだ！　嘘をついて、ずっとおれを騙《だま》し続けていたくせに！』

『慶太郎さん……』

『もうたくさんなんだよ！　二度とお前の世話になんかならないから、とっととどっかに行っちまえ！　でなきゃここでおれを殺せ！　煮るなり焼くなり好きにしろ！』

叫んでいる最中に、その変化は起こった。

鯨岡は驚きのあまり『あっ』とひと言発したまま思考停止に陥ったという。

酔いと怒りで猫耳が飛び出たことに気づかないのか、慶太郎はふたりに背を向けひとりで歩き出した。薫平はその後ろを追いかけて羽交い締めにすると、ポケットから取り出した黒いニット帽を素早く頭に被せた。

それからの数分は阿鼻叫喚の世界だったという。慶太郎はやれ離せの殺せのと大暴れした挙げ句、突然『気持ち悪い』と嘔吐し、薫平に介抱されながら眠ってしまった。

眠った慶太郎を背負うと、薫平はぽかんと口を開いたままの鯨岡と対峙した。

『このことは、一生俺たちふたりの秘密にしておくつもりでした。今夜のようなことになるのを怖れて、慶太郎さんはずっとお酒の席を避けてきたんです。飲むのはいつも俺の前だけでした。煮干しは慶太郎さんの、いわば精神安定剤なんです』

感情の昂《たかぶ》りがボーダーを超えると猫耳が飛び出す。場合によっては尻尾まで出現する。慶太郎の特殊体質について、薫平は淡々と語った。俄《にわか》には信じがたい話に、鯨岡は瞬きすら忘れたという。

『でもこうなってしまった以上、鯨岡先生にお願いしなければなりません』

まだ言葉の出てこない鯨岡に、薫平はすっと頭を下げた。

『このことは絶対に他言しないでください』

『も、もちろん。当たり前だ』

カクカクと頷く鯨岡に、薫平はこう言い放ったという。

「ありがとうございます。お約束していただけて安心しました。俺は鯨岡先生を信用します。けれどもし、万が一にも、この件が他に漏《も》れるようなことがあったら、その時俺はあなたを殺します。——あのクソ研修医は、射殺すような目つきでそう言いやがった」

舌打ち混じりに語る鯨岡の目はしかし、怒りを孕《はら》んではいなかった。

「とりあえず酒の誘いは自粛する。悪かった」

「本当に……ご迷惑をおかけしました」

うな垂れる慶太郎に、鯨岡は首を振った。

「今までと何も変わらず、だ。変える必要なんかない。ちょっと変わった体質なだけで、ぴーちゃんはぴーちゃん。だろ？」

「鯨岡先生……」

「何か困ったことが起きたら迷わず俺を頼れ。小児科の戸之倉より、同じ科にいる俺の方が先に駆けつけられる。遠慮したり躊躇《ちゅうちょ》したりしている間に、また誰かに見られたりしたら、今度こそ本当に取り返しがつかなくなる。ぴーちゃんみたいな優秀な医者にいなくなられるのは困る。いいな？」

「……ありがとうございます」

不覚にも涙が滲《にじ》んだ。

「正直いけ好かないガキだが、これまでずっとひとりでぴーちゃんを守ってきた戸之倉には、小指の先くらいは感謝している」

鯨岡はそう言って小指の先を囓《かじ》ってみせる。おどけた様子に、慶太郎はようやくほんの少し気持ちが和むのを感じた。

「ぴーちゃんは、あいつが好きなのか」

すっかり冷めたコーヒーに口をつけながら、鯨岡が唐突に尋ねた。

「薫平のことですか」

「ああ」

「あいつには恋人がいます。鯨岡先生も昨夜ご覧になったでしょう。今日も朝っぱらからふたりでどこかへ出かけたようです」

「新舘先生か」

「あいつ、長いこと片思いをしていたそうです。ようやく想いが通じて、今幸せの絶頂なんじゃないですか。遠目からもわかるくらいいちゃいちゃしていましたよね」

「いちゃいちゃ？　そうだったかな」

鯨岡は首を傾《かし》げる。

「コートの襟なんか直してあげたりして、ラブラブだったじゃないですか」

「新舘先生は手に鞄《かばん》を持っていた。襟くらい直してやるだろ」

「でも」

「お前だってこの間、佐々木《ささき》のネクタイ直してやってたじゃないか」

「あいつはだらしないから時々直してやらないと」

「同じだよ、それと」

そうなのだろうか。同じなのだろうか。

「恋人がいる相手は絶対に好きにならない。そんな薬が開発されたら、人間はどれほど楽になれるだろうな」

「…………」

慶太郎のことなのか、あるいは自身のことなのか。

鯨岡は静かに冷めたコーヒーを飲み干した。

慶太郎は何も答えられないまま、ひと口もつけていない自分のカップをじっと見つめた。

鯨岡を送り出し、部屋に戻った慶太郎はスマホを確認した。

メッセージが届いている。

見たい。見たくない。読みたい。読みたくない。

風に煽《あお》られるモビールのように、心は頼りなく裏に表に舞う。

どちらが裏なのか、どちらが表なのか、慶太郎にはもうわかっている。

わかっているから、こんなにも迷う。

目を閉じ、深呼吸をひとつして液晶画面をスワイプした。メッセージはやはり薫平からだった。

【急用で今朝早く東京を発《た》ちました。明日の夜には戻る予定です】

【どんな時でも傍にいて慶太郎さんを守ると約束したのに、ごめんなさい】

【医局の引き出しの煮干しが空になっていたので補充しておきました】

煮干しの袋の写真が添付されていた。

「バカ……これ、ご褒美煮干しじゃないか」

煮干しにもいろいろある。臭みがなく身が締まった煮干しは、美味しいけれど値段も高いから滅多に買わない。誕生日やクリスマス、大きな手術が成功した日などに、頼みもしないのに薫平が買ってくるこの高級煮干しを、ふたりはいつしか「ご褒美煮干し」と呼ぶようになっていた。

他の誰にも通じない。けど薫平となら一秒で通じ合える。

そんなルールや思い出が、数え切れないほどある。

ふたりともイベントごとには執着のない方だが、それでも毎年互いの誕生日くらいはケーキを買って祝っていた。しかし今年の慶太郎の誕生日は、ふたりして忙しく一緒に祝うことができなかった。薫平は「三十歳だからロウソク三十本立てましょうね」と張り切っていたのに、結局叶《かな》わなかった。

子供じゃあるまいしと思いながらも、内心ちょっとがっかりしていた数日後の深夜のことだった。突然薫平から『一緒に来て欲しいところがある』と自転車で連れ出された。

耳がちぎれそうな寒い夜だった。薫平がぐんぐんスピードを上げるから、なんだか少し怖くなってぎゅっと目を瞑《つぶ》った。頬を掠める空気が刃物みたいに感じられて、たまらずその広い背中にしがみついた。

『着きましたよ』

一時間も走っただろうか、ブレーキの軋《きし》む音に慶太郎はようやく目を開けた。

小高い丘の上だった。市街地の裏側に当たる場所らしく明かりらしい明かりもない。冷え切った夜の闇に、整わない薫平の吐息が白く浮かび上がって見えた。

『上、見てください』

肩を上下させながら薫平が言った。

『上?』

訝るように夜空を見上げた慶太郎は、思わず『うわあ』と声を上げた。

星だった。満天の星がきらきらと夜空に踊っていた。

『きれいでしょ』

『ああ。すごく』

年末に街を彩っていたクリスマスのイルミネーションより、何倍も何十倍も美しく神秘的だった。

『子供の頃ここでこの星空を見て、ものすごく感動したんです。いつか慶太郎さんにも見せてあげたいって、ずっと思っていました』

氷点下の夜に一時間も自転車を漕《こ》いでまで、自分に見せたかったというのか。

瞬くこの星たちを。

頬も鼻の頭も手も足先も、凍えてかじかんでいるというのに、胸の奥の一点だけがほわんと不思議な熱を帯びていた。

『ちょっと遅くなっちゃいましたけど、誕生日おめでとうございます』

『あ……ありがとう』

『ろうそく三十本立てられなかったけど』

『星って銀河系だけで二千億個くらいあるらしい。十分すぎる』

小っ恥ずかしい会話も、この星の下なら許される気がした。

『これ』

薫平はポケットから小さな箱を取り出し、慶太郎の手に載せた。

『なんだ』

『プレゼントです』

『星二千億個で十分だと言ったのに』

『開けてみてください』

箱の中身は腕時計だった。腕時計の調子が悪いと何気なく言ったことを、覚えていてくれたのだ。長年気に入って身に着けていたのと、同じブランドのものだった。

わりといい値段がする。研修医の給与を知っている身としては気が引けた。

『こんなの……』

もらえない。

口を衝《つ》きそうになった言葉をしかし、慶太郎は呑み込んだ。自分の好きなもの、自分の喜びそうなものを、考えて悩んで選んでいる薫平の姿が目に浮かんだからだ。

『ありがとう。嬉しいよ』

『もっと給料もらえるようになったら、上のシリーズのをプレゼントします』

照れたように、しかし嬉しさを隠しきれない様子で、薫平は慶太郎の腕に時計を嵌めてくれた。

触れる手が、指が、氷のように冷たかったことを覚えている。

忘れない。薫平との思い出はすべてこの胸の中にある。

ひとつひとつ、大切に。

——だっておれは……。

目を逸《そ》らし続けるのも、いい加減ここらあたりが限界だ。

何を見ても、何を聞いても薫平を思い出す。

慶太郎は、手首に巻かれたシルバーの文字盤にそっと頬を寄せた。

「薫平……好きだ」

人間として。男として。秘密を共有する戦友として。

そして恋の対象として。

いつからだろう、薫平のいない暮らしなんて考えられないようになっていた。

素直で大らかで、不器用なほど誠実で、年下のくせに時々わかったような口を利くけれど、いつだって慶太郎を守ることを一番に考えてくれていた。

給料に見合わないプレゼントをよこす、年下らしいプライドを好ましく思った。

焼き鳥が食べたいと言えば、夜道を走って買ってこようとする優しさが嬉しかった。

ぬるい煮干しのラーメンも、嫌々の入浴も、薫平とだから楽しかった。

ちょっとしたすれ違いもあったけれど、喧嘩《けんか》になることはなかった。イライラを顔に出すのは慶太郎だけで、薫平はいつも受け止めてくれた。まるでそれが自分の仕事だとでもいうように。

時には仕事でミスをした薫平を慰めたりもした。落ち込む薫平を励ますうち、うっかり尻尾が飛び出してしまって、ふたりで笑ってしまったこともあった。

肌《はだ》を合わせればいつだって温かかった。

こんな身体になってしまったけれど、薫平がいるから大丈夫だと思えた。

何もいらなかった。薫平さえ傍にいてくれたら、それで。

「薫平……」

その優しさに救われ、その腕に抱かれながら何度も果てた。

もしかしたら薫平は自分のことが好きなのではないかと感じたことも、一度や二度ではなかった。まさかと否定しながら、それならそれでもいいなと心のどこかで思っていた。

こうして初めて自分の気持ちに向き合うことができたというのに、薫平の気持ちは他にあると知ってしまった。

――いや、違う。

薫平に恋人がいると知ったショックで、ようやく目が覚めたのだ。

これは必然だ。皮肉でもなんでもない。来るべき時が来た。それだけのことだ。

――ごめん、薫平。

数え切れないほどの幸せをもらったというのに、ようやく自分の幸せを手にした薫平におめでとうのひとつも言ってやれない。

ズルくてわがままで狭量な自分が、心の底から嫌だった。

薫平はきっと今頃新舘と一緒なのだろう。帰りは明日だというから、旅行かもしれない。

楽しげに語らうふたりを思い浮かべ、慶太郎はぎゅっと目を閉じた。

「今までありがとな。幸せになれ、薫平」

嫌だと叫ぶ魂を無理矢理心に封じ込めた。

「解放してやるよ」

情けないほど声が震えた。

病院を去り、薫平の前から消える。

それが今の自分にできる、ただひとつの恩返しだ。

束縛してごめん。好きな人がいることに気づいてやれなくてごめん。何度もその手を汚して、ごめん。

「うっ……」

嗚咽が漏れるのと同時に、慣れた感覚が頭部に走った。何の躊躇《ためら》いもなくひょこんと飛び出してくる猫耳が、たまらなく恨めしかった。

慶太郎は声を上げて泣いた。

なぜこんなことになったのだろう。自分が一体何をしたというのだろう。夢なら覚めてくれと、幾度願ったかわからない。

このままの身体で、薫平ともさよならして、本当にひとりで生きていかれるのだろうか。

――薫平……。

「くっ……ううっ……」

はたはたと、涙が床を濡《ぬ》らす。

なに泣いてるんですか慶太郎さん。俺が傍にいるから大丈夫ですよ。

薫平の声が聞こえそうな気がして、またぞろ涙がこみ上げる。

慶太郎は唇《くちびる》を嚙《か》みしめ立ち上がった。

気が変わらないうちに、辞表を書いてしまおうと思った。

辞めてからのことは何も考えていないが、医師免許があれば何とかなるだろう。柊家は医師の家系だ。開業こそしていないが父も祖父も曾祖父《そうそふ》も医師だった。祖父や曾祖父がその昔勤めていたZ県の田舎《いなか》にある小さな診療所は、今もあるのだろうか。雇ってくれるところがあるのならどこへでも行くつもりだ。

便箋《びんせん》はどこに入れていただろう。涙を拭いながら引き出しをがさごそと探していると、スマホの振動音に呼ばれた。

薫平だろうかと思ったが、曾祖父からの着信だった。

「はい、慶太郎です」

『どうだ慶太郎、そろそろここへ来とうなったか』

「えっ？」

『そぉろそろ、なんとのぅ、わしの顔が見たくなってきたんと違うか？』

それはまるで、苦悩する曾孫《ひまご》の姿を目の前で見ていたかのような口ぶりだった。

「哲《てつ》じいちゃん、あの――」

『困っとることがあるんやないか、慶太郎？』

スマホを握ったまま、慶太郎はふと、奇妙な感覚に襲われる。

東京生まれの東京育ち。都会っ子の慶太郎にとって、夏休みを利用してZ県の田舎にある父方の祖父母の家へ帰省することは、年に一度の楽しみだった。祖母の作る素朴な田舎料理に舌鼓《したつづみ》を打ったり、祖父と山登りや川遊びに繰り出すことも楽しかったが、とりわけわくわくしたのは祖父の父、つまり曾祖父と過ごす時間だった。

曾祖父・柊哲太郎《てつたろう》の屋敷は、村役場の近くにある祖父母の家からバスで一時間揺られ、そこからさらに一時間歩いた里山に、ぽつりと一軒だけ建っていた。哲太郎は息子《むすこ》夫婦と同居することを頑強に拒み、齢《よわい》百になろうとする現在もひとり暮らしを貫いている。

哲太郎の屋敷にはいつも慶太郎ひとりで泊まった。哲太郎もそれを望んだし、何より慶太郎がそうしたかった。年端もいかない少年にとって、両親の目の届かないところで東京にいては叶わない体験をするのは、ちょっとした冒険でもあった。

昔話に出てきそうな茅葺《かやぶ》きの屋根、土間、囲炉裏《いろり》、五右衛門風呂《ごえもんぶろ》、目に入るものすべてが幼い慶太郎の心を摑んで離さなかった。しかし慶太郎が最も心を惹《ひ》かれていたのは、自然豊かな田舎の風景でも澄んだ空気でもなく、哲太郎その人だった。

どちらかというとのんびりして穏やかな性格の父や祖父と違い、哲太郎には少々気むずかしいところがあった。言うところの「頑固ジジイ」だ。連れ合いである曾祖母が亡くなってからはさらにその傾向が増し、孫や曾孫は大勢いても、積極的に近づこうとする者は慶太郎くらいなものだった。

慶太郎だけがなぜ哲太郎に懐いているのか、周囲の大人《おとな》たちはみな不思議がっていた。小遣いをたくさんくれるわけでもなく、一緒になって遊んでくれるわけでもなく、面白い話をしてくれるわけでもない。無口で愛想のない老人とふたりきりで過ごす時間になぜあんなにも心惹かれたのか、慶太郎本人にもよくわからなかった。

不思議な出来事があった。

小学校に上がった年だろうか、屋敷の裏山で木登りをしていた慶太郎は、夢中になりすぎてひとりでは下りられない場所まで登ってしまった。幼少期からどちらかというと慎重な性格だった慶太郎にしては珍しい失敗だった。

大声で哲太郎を呼ぶが、屋敷まではとても届かない。日も暮れてきて、慶太郎は次第に心細くなってきた。

『哲じいちゃん、助けて。ぼく、木のてっぺんから下りられなくなっちゃった』

神さまに祈るように、心で強く念じた。するとほどなくして哲太郎が現れた。

『慶太郎、どの木だ？』

木々の頂上を見て回っていた哲太郎は、やがて慶太郎の声に気づき、安全に下ろしてくれたのだった。

その時はただホッとして、哲太郎の手を握って屋敷まで戻った。しかし後になってふと不思議に思った。なぜ哲太郎は最初から『どの木だ？』と尋ねたのだろう。裏山に行ったからおおよそ木登りでもしているのだろうと当たりをつけたのかもしれないが、慶太郎には哲太郎が、助けを呼ぶ心の声を聞きつけてやってきたように思えてならなかった。

まさか今また哲太郎の耳に、自分の悲鳴が届いたというのだろうか。

薫平を失う悲しみの叫びが、四百キロも離れた哲太郎の耳に届いたというのだろうか。

『わしはここでいつでも待っとる』

そう言って哲太郎は電話を切った。

——テレパシー……とか。

他の誰が笑っても、慶太郎にはそれを否定することはできない。あり得ないことをすべて否定するなら、慶太郎の存在は真っ先に否定されてしまう。

考えれば考えるほど妙だ。

改築した屋敷を見せたいというだけで、忙しい仕事を持っている三十歳の曾孫にこれほど頻繁に連絡をしてくるだろうか。

もしかすると連絡を取らなければならない事情は、哲太郎の側にあるのではないのかもしれない。慶太郎の身に起こっている何かを察した哲太郎が、頻繁に電話をかけてきていると は考えられないだろうか。

『困っとることがあるんやないか、慶太郎？』

『わしはここでいつでも待っとる』

それは長電話が嫌いな哲太郎が、精一杯伝えたメッセージなのではないだろうか。電話ではとても伝えきれない重要な話を、哲太郎は慶太郎に話したがっているのではないだろうか。

——行ってみよう。

慶太郎は濡れた頰を拳で拭った。

☆★☆

小児科の入院患者だった新舘岳の父親・悟から『お目にかかってお話ししたいことがある』と連絡があったのは、岳の退院から数日後のことだった。完治したはずの岳に何か不測の事態が起こったのかと緊張する薫平に、新舘は『実は、岳のことではないんです』と言った。

冷静に考えてみれば、岳に何かあったなら真っ先に連絡が行くのは、研修医の自分ではなく主治医のはずだ。

訝りながらも、薫平は新舘と会うことにした。

その日慶太郎は都内で開催される研究会に出席すると聞いていたから、万が一の時すぐに駆けつけられるように、会場近くのホテルで新舘と落ち合うことにした。

「お忙しいのに、お呼びたてして申し訳ありません」

顔を合わせるなり新舘は丁寧に一礼した。

「お話というのは」

「はい。実は柊先生のことなんです」

その名前に、薫平の心臓はドクンと大きく跳ねた。

――この人は……。

何を知っているのだろう。薫平は目の前の紳士の穏やかで温厚そうな瞳を見つめた。そこに悪意や邪気といったものは感じられない。薫平は鼓動を乱しながらひとり混乱した。

座りましょうと促され、ラウンジのソファーに腰《こし》かけた。新舘は向かい側の席ではなく薫平の真横に腰を下ろした。人に聞かれたくない話なのだろうと思った。

「本来でしたら柊先生に直接お伺いするべきなのでしょうが、非常にデリケートな内容なので、柊先生をお訪ねする前にいくつかの点において確認を取っておきたいと考えました。不《ぶ》躾《しつけ》ながら、戸之倉先生は柊先生と大変親しそうにお見受けしたので」

「…………」

退院の日の一件を見てそう判断したのだろうが〝親しい〟の意味によっては、誤解を解かなくてはならない。

「それと、信頼できる方だと思いました」

「僕が、ですか」

新舘は力強く頷いた。

「退院してからも、岳が毎日のように言うんです。ぼくは薫平先生がいっちばん好き。薫平先生はいい先生だって」

「それは、光栄ですけれど」

「しょせん子供の見立てだと？」

見透かされて、薫平は苦笑する。

「母親がいないせいか、岳は回りの大人たちになかなか心を許さない。いつも用心深く大人を観察しています。この人は信用できる人かできない人か。嘘も見抜きます。そしてその嘘が自分を傷つけまいと発せられた優しい嘘なのか、子供の自分をあしらうための嘘なのかも、あらかた見抜いてしまいます」

入院当初、岳は確かに扱いにくい子供だった。わがままを言って医師や看護師の手を煩わすことはなかったが、手がかからなすぎて本音に触れるのに苦労した。

けれど注意深くその表情を見ていれば自《おの》ずとわかってくる。その子がどんな話題に反応し、どんな接し方を嫌い、どんなジョークに笑うのか。岳を特別扱いするわけではない。いつだって薫平は薫平のやり方で、子供たちとの距離を縮めていった。

「子供の感性というのは、案外バカにできません」

その岳があんなに言い張った。猫耳を見たと。

「ロビーでの一件は、あの子なりにこれ以上騒ぐのはよくないと考えたようです。でも戸之倉先生の説明に、百パーセント納得したわけではなかった」

「………」

「猫耳先生の耳は、ぴくぴくと動いていたそうです」

「動いたように見えただけでしょう」

「それだけではなく、そっくりだったと言うんです」

「そっくり？」

手のひらがじっとりと汗ばむ。嫌な予感がした。

「我が家には私の職業柄、世界各国の文化に関する文献記録の類《たぐい》が多くあります。岳はひらがなしか読めませんが、しばしば気まぐれにそれらの本を開いては、珍しい文化を紹介したイラストや写真など楽しんでいます」

「その本の中に猫耳に関する記述が？」

新舘は頷いた。退院した岳は、帰宅するや父親の書斎から一冊の本を持ち出してきて、興奮気味に『ね、お父さん、そっくりでしょ？』と言ったという。

「驚きでした。本当にそっくりだったんです」

「でも」

慶太郎の猫耳を見たのは岳だけだ。なのになぜ父親の新舘が「そっくり」と言うのか。

薫平は眉根《まゆね》を寄せた。

「耳の毛色や形については、私は直接見ていません。しかしそっくりだったんです。本に描かれているイラストの男性と、柊先生が」

新舘はバッグから一冊の分厚い書籍を取り出し、付箋のつけられたページを開いた。

「このイラストをご覧になってください」

フランスの古い出版物なのだろう、小さな文字のフランス語が並んでいる。

ページの片隅に一枚のイラストがあった。覗《のぞ》き込んだ薫平は思わず息を呑んだ。

「これは……」

そこに描かれていたのは、慶太郎その人と見紛《みまが》うほどそっくりな若い男の横顔だった。しかも左右の頭頂部には、見慣れたあの猫耳が生えている。

「驚かれたでしょう。私も驚きました」

「これは、一体どういう……」

新舘は何かを決意したように、また小さく頷いた。

「不躾な質問をお許しください。戸之倉先生、柊先生がどちらのご出身かご存じでしょうか」

「確か、東京生まれの東京育ちのはずです」

「ご両親は?」

「やはり東京だと聞いています」

戸惑いながら薫平が答えると、新舘は「そうですか」と少しの間腕組みをし、おもむろに尋ねた。

「Z県にご親戚《しんせき》がいらっしゃるという話を聞いたことはありませんか」

「Z……県?」

頭の片隅で、きらっと何かが光った。

慶太郎はZ県に曾祖父がいると言っていた。

そしてその話を聞いた時、薫平の脳内にはすでに「Z県」という単語が刻まれていた。

——そうだ、あれは確か……。

突如慶太郎の自由を奪った猫耳と尻尾について、手当たり次第に文献を紐解《ひもと》いていた頃のことだ。薫平はネット上の掲示板で、猫耳に関する書き込みを目にした。民話や昔話に関するスレッドだったと記憶している。

【Z県のマタタビ村出身の男には、猫耳とか尻尾が生えてる奴《やつ》がいるって、ジイちゃんから聞いたけどマジかな】

【耳とか尻尾とか生えてたら普通に暮らせないだろ】

【生まれつき?　だったら赤ん坊の頃に手術で取るんじゃね?】

【だな。つーかマタタビ村ってwww】

レスポンスはそれ以上続かなかった。念のため調べてはみたが、マタタビ村などという村は存在せず、薫平は検索を諦めた。ただ、猫耳の生えた人間がいるという記述を見たのはそれが最初で最後だったので、頭の片隅に残っていたのだ。

慶太郎から彼の曾祖父の話を聞いた時には、Z県という名前に引っかかりを感じただけで、書き込みの件を思い出すことはできなかった。こうして新舘に導き出され、ようやく記憶が繫《つな》がった。

「柊先生ご自身もご両親も東京育ちですが、曾《ひい》お祖父《じい》さんがZ県にいらっしゃるそうです」

「それは本当ですか？」

新舘の表情が俄に輝く。

「百歳近いご高齢だそうですが、ご健在だと聞いています」

「そうですか。やはりそうですか。それは非常に興味深いですね」

新舘は頷きながら「実に興味深い」と何度も繰り返し呟いた。

「私の専門は国内外の神話・伝説・民話などです。信仰や呪術、儀礼などに関する研究を主としています。不思議なもので呪術にしても儀礼にしても、それが奇妙なものであればあるほど残されている文献記録が少ない。同時に奇妙なものほど私の興味を惹くのです」

猫耳の生えた医師を見たと岳は言い張ったが、新舘は最初取り合わなかった。しかし岳が持ってきた書籍のイラストを目にした瞬間、きらりとひらめくものがあったという。

「Z県の山間に、黙天領村《もくてんりょうむら》という小さな村があります。村には古くから猫にまつわる言い伝えがあり、その中に猫耳を生やした男の話もあります」

開かれたままのページにもう一度視線を落とす。イラストにはフランス語で細々としたキャプションがつけられていた。アルファベットの中に「Mokutenryou-village」という文字が見て取れた。

「戸之倉先生、単刀直入にお伺いします。岳が見たという柊先生の猫耳は、コスプレ用のおもちゃなどではありませんね？」

「…………」

薫平は答えに詰まる。

「これは私の想像ですが、大学病院の医師として働くことができているということは、柊先生の耳は常に生えているわけではなく、なんらかの刺激に反応して時折現れるのではないでしょうか」

薫平はハッと顔を上げた。

「そうだとすると柊先生は、いつどこで誰に耳の秘密を気づかれるかもしれない、尋常でない緊張を強いられているはずです。数ヶ月前のことですが、中国の奥地で蛇女《へびおんな》と呼ばれる女性がいることがわかり、私は大陸へ渡る準備をしていました。彼女もまた、なんらかの刺激によって時折身体中に蛇の鱗《うろこ》が現れ、同時に細く伸びた舌先は二股《ふたまた》に割れるのだそうです。ところが私の準備が整う前に、彼女は亡くなってしまいました」

「亡くなった？」

「蛇神さまの呪《のろ》いだと騒ぎ出した一部の村人たちの手で、殺されてしまったそうです」

「そんなっ……」

しん、と胸の真ん中が凍るような感覚に陥った。

――殺される。

この四年間、慶太郎の秘密を守るため、できることはなんでもしてきた。

けれどこれから先もずっと、誰の目にも触れることなく暮らせる保証などどこにもない。

現に一瞬の隙《すき》に、岳は窓越しのそれを目に留めた。

「柊先生は、ご自分の猫耳が何に起因しているのか、ご存じないのですね？」

「………」

そう。慶太郎は今も信じている。

猫耳の原因が、あの日誤飲した生薬入りドリンクのせいだと。

あの日からしばらくの間、慶太郎が寝る間も惜しんで開いていたのは、生薬や漢方に関する書籍だった。何度かは自分で調合し、飲んでみたりもしていた。

何も起こらないとわかっていて、薫平も付き合った。落ち込む慶太郎に寄り添い『大丈夫です。俺がついていますから』と肩など抱いたりして。

「戸之倉先生」

熱の籠もった声で、新館が身を乗り出す。

「どうかお力を貸していただけませんか。もし柊先生の猫耳が黙天領村特有の、あるいは柊家に伝わる遺伝子に起因するものだとすると、できるだけ早く村を訪ねて――」

「申し訳ありませんが、お断りします」

薫平はきっぱりと答えた。

「戸之倉先生……」

「新舘先生の熱意は伝わりました。ありがたいと思っています。畑は違いますが僕も研究者の端くれですから、自分の研究分野に関してとことん追究したい気持ちはわかります。けど、この件に関しては協力できかねます」

「なぜですか」

研究とは、調査結果をまとめて終わるものではない。文献にして世に知らしめることで初めて認められる。慶太郎を対象にした研究に協力することは、死んでもできない。

「僕は、柊先生を守りたいんです。それだけです」

「私も、同じ気持ちです」

薫平は思わず真横の新舘を振り向いた。

「私はこの件についてどんな研究結果が得られようと、学会に発表するつもりはありません。文献化するつもりもありません。私にとって研究というものは、地位や名声を得るための手段ではありません。未《いま》だ見ぬ世界に思いを馳《は》せ、自分の目で確かめるという道楽が、たまたま仕事になってしまっただけのことなのです。誰かの人生を変えてしまうのは本望ではない。

ですから今回の件についてはT大からの予算は使いません。あくまで私的な旅行です」

「新舘先生……」

新舘は穏やかな瞳を細め、小さく頷いた。

「善は急げです。来週末にでも黙天領村を訪ねたいのですが」

「そんなに急にですか」

「こうしている間にも、誰かに勘づかれてしまうかもしれません。またネットの掲示板に上げられたりしたら大変です。戸之倉先生もご覧になったんですよね」

「ええ。でもマタタビ村なんて村、Z県はおろか日本のどこにも存在しませんでした」

新舘は鞄から手帳を取り出すと、ペンで漢字を三つ書き、薫平に見せた。

「木、天、蓼……もくてんりょう、ですか」

「黙天領村が今の漢字表記になったのは、実は八十年ほど前のことなんです。それまではこちらの、木天蓼という表記を使っていました」

「それが何か？」

「木天蓼。実はこれ、他に読み方があるんです」

そう言って新舘は、自分で書いた「木天蓼」の文字の横に、ふりがなを振った。

「マタタビ……？」

目にした文字に、薫平は息を呑んだ。

「そう。マタタビと読みます。黙天領村は八十年前まで木天蓼村、すなわちマタタビ村だった。戸之倉先生が見たというネットの書き込みは、おそらく現在の黙天領村を指していると思われます」

大きく目を見開く薫平に、新舘は頷いた。

「又聞きとはいえ、四年前すでに誰かがネットにこの件に関する書き込みをしているという事実は重大だと思いませんか」

「………」

新舘の言う通りだ。

もしかすると慶太郎の秘密を、四年間も隠し通せたことが奇跡なのかもしれない。

蛇女と揶揄《やゆ》され殺されてしまった女性と同じ道を、慶太郎に歩ませるわけにはいかない。

どんなことがあっても、命に替えても自分が慶太郎を守る。そう決めたのだから。

「わかりました。来週末ですね」

「できれば柊先生の曾お祖父さんにお目にかかりたいと思うのですが、柊先生ご本人はご一緒できそうですか？」

当然知らせるべきなのだろう。わかっている。でも。

「柊先生は今月……難しい手術が続くようなので、落ち着いたところを見計らって僕から話します」

「了解しました。それでは来週末、よろしくお願いします」

「こちらこそよろしくお願いいたします」

ずんと腹の底が重くなった。

いつから自分はこんなふうに、顔色ひとつ変えず嘘をつけるようになったのだろう。

新舘と別れ自宅へと帰る途中、慶太郎に電話で確認した。曾祖父が暮らしているのはやはり黙天領村、つまり木天蓼村だった。

またぞろ腹の底が重くなる。頭も胸も、手も足も重い。重苦しい。

確実に近づいてくる別れの足音に、気づかないふりをするのはもう無理だった。

あの時、慶太郎は微塵も疑わなかった。

だから魔が差した。

言い訳はしない。あの日、自分は悪魔に魂を売ったのだ。

四年前、ずっと憧れていた慶太郎と幹太を通して知り合うことができた薫平は、幸せの真《ま》っ直中《ただなか》にいた。慶太郎の一挙手一投足に見惚《みと》れ、一言一句に浮き足だったりがっくりと沈んだりする日々。思いが叶うことはないとわかっていても、濃密でかけがえのない時間だった。

そんな穏やかに流れる小川のような時間が、大きく歪曲《わいきょく》する事態が訪れる。慶太郎の頭に突如猫耳が出現したのだ。最初はふたりしてパニックに陥った。目の前で起きたことを現実としてすんなり受け入れることは到底できなかった。

病院に行こう、いやダメだやめよう、誰かに相談を、いや誰にも相談などできない……。

議論ともつかない話し合いをしばらく重ねた。そのうち薫平は、慶太郎が直前に誤飲した生薬入りドリンクが原因だと考えていることに気づいた。

薫平は、その可能性は限りなく低い、あり得ないと知っていた。

なぜなら同じドリンクをすでに幹太が飲んでいたからだ。もちろん何も起こらなかった。惚《ほ》れ薬だと幹太は言っていたが、葛根《かっこん》や麻黄《まおう》にそんな摩訶《まか》不思議な作用などあるはずもない。イモリの黒焼きも、しょせんは精力剤なのだ。

それでも念のためにと、薫平は陰でこっそりと残りのドリンクを飲んでみた。

当然、猫耳など生えてはこない。

その時だ。薫平に、最初の悪魔が囁《ささや》いた。

――このままドリンクのせいだということにしておけ。

そうすればこのことは〝ふたりだけの秘密〟になる。

ふたたび猫耳が現れることがあれば、慶太郎は自分を頼ってくるに違いない。

他の誰でもなく。

『命に替えてもこの責任を取ります。取らせてください。柊さんのためなら俺、なんでもします。どんなことがあっても俺が守るって約束します』

気づけばそんな台詞《せりふ》を口にしていた。だから泣かないでと抱き締めると、慶太郎の形のよい頭が小さくコクンと動いた。

——手に入れたい、この人を。

薫平は心の奥底で黒雲のように育っていく、激しい感情と闘った。

それからしばらくの間は、よき相談者を演じることができていたと思う。ところが三ヶ月後、今度はあろうことか尻尾が現れた。連絡を受けて駆けつけた薫平の目に、あられもない姿で泣きじゃくる慶太郎の姿が飛び込んできた。

傍《かたわ》らに成人向け雑誌が開かれたままになっているのを見て悟った。尻尾は慶太郎の性的興奮に触発されて現れたのだ。

慶太郎はストレートだ。ゲイである自分と結ばれる未来は、永遠に訪れないだろう。

——それでも手に入れたいんだろ、この人を。

悪魔の囁きは、一度目よりさらに強烈だった。

——心が無理なら身体だけでも。そう願うのは当たり前じゃないか。

——何を迷っているんだ薫平。

——でも……。

心に激しい嵐が吹き荒れた。

『もう終わりだぁぁ！　今度こそ終わりだぁぁ……耳だけならともかく、尻尾まで……』

慶太郎は半狂乱になっていた。

顔は涙と鼻水でぐちゃぐちゃなのに、どうしようもなく愛《いと》おしい。

『慶太郎さん。俺に任せてください。耳と尻尾、今ここで俺が消してあげます』

嵐は良心を吹き飛ばし、薫平は、禁断の果実に手を伸ばした。

『ほ、本当か』

いたいけな幼子のような澄んだ瞳に、胸が張り裂けそうになる。

薫平はすべての迷いを振り切るように、目の前の果実をもぎ取った。

高校の運動部では日常的に行われている。そんなあり得ない説得を、慶太郎は疑うことなく受け入れた。それほど動転していたのだろう。

正常な判断ができない慶太郎の身体に触れ、劣情を煽り、高みへと導いた。頬《ほお》を染めて身を捩《よじ》る慶太郎は、凄《すさ》まじくエロティックだった。半開きの唇からは絶えず淡い吐息が零《こぼ》れ、時折『はっ……』『あっ……』と快感の声が漏れ聞こえた。

慶太郎が達した瞬間、薫平は自分も達してしまいそうなほど興奮していた。中心はほんの少しの刺激で爆《は》ぜてしまいそうなほど張り詰め、しばらくその場を動くことができなかった。

慶太郎の息が整うのを待っていたように、耳と尻尾がすーっと消えた。

『ありがとう、薫平』

安堵《あんど》と羞恥《しゅうち》の混ざり合った世にも複雑な顔で、慶太郎が薄く笑った。

『急に呼び出したりして、悪かったな』

『……いえ』

戻れない場所に来てしまったと思った。

欲しくて欲しくて、だけど手には入らないと諦めかけ、それでも諦め切れなかった。

ふたりでまったりと休日を過ごし、時々一緒にラーメンを食べに行ったり、部屋の模様替えを手伝ったり。そんなささやかだけど幸せな時間に、薫平は自らの手でピリオドを打った。

壮絶な自己嫌悪と引き替えに手にしたのは、ずっと諦め切れなかった、文字通り裸の慶太郎だ。

興奮と後悔で胸の奥がズキズキした。

『どんなことがあっても秘密は守ります』

心の深淵を覗き込まれないように、薫平は完璧な微笑みを浮かべた。

『俺を信じてください。責任、取らせてください』

薫平の言葉に安心しきったように、慶太郎は頷いた。


どれくらい眠っていただろう。ぼんやりと目を開けると、車窓の景色からはビル群が消えていた。稲刈りの終わったどこか寂しげな田んぼが遠く山裾《やますそ》まで広がっている。

「まだ一時間以上かかりますよ」

隣の席で分厚い本を読んでいた新舘が、目を上げて微笑んだ。

「すみません。いきなり爆睡してしまって」

新幹線に乗り込んで席に着いたところまでは覚えているが、その後の記憶がない。

「近くになったら起こしますから眠っていてください」

「大丈夫です。ぐっすり眠ったので身体が軽くなりました」

「昨夜は眠っていないんでしょ？　目に隈ができています。やっぱり来週に延期すればよかっただろうかと、今ちょっと後悔していたところです」

「とんでもない。一日でも一時間でも早く行きたいので」

「私も同じ気持ちです」

新舘は優しい笑みを浮かべ、コーヒーを差し出した。

「私は先にいただきました。少し冷めてしまったかもしれませんが」

「ありがとうございます」

プラスチックの蓋を外すと、湯気が上がった。新幹線が走り出すや眠り込んでしまった薫平が、そろそろ起きる頃だろう思い買っておいてくれたのだろう。

新舘の心遣いに感謝しつつ、薫平はカフェインで脳の覚醒を図った。

昨夜遅く慶太郎にメッセージを送っておいた。既読のマークが付いているが未だ返事はない。当然のことだとは思っても、やはり胸にずっしりとこたえた。

『もうたくさんなんだよ！　二度とお前の世話になんかならないから、とっとどっかに行っちまえ！』

昨夜の叫びが、耳の奥でこだまする。

あのドリンクを幹太も飲んでいたことを、とうとう知られてしまった。慶太郎が幹太と会うことがあっても、よもや話題にするはずがないだろうと高をくくっていた。

同じものを飲んだのに、幹太には何も起こらず自分の身体にだけ異変が起きた。

慶太郎は、猫耳や尻尾の原因があのドリンクではなかったことに気づいてしまった。

薫平の卑劣な嘘に、騙され続けていたと知ってしまったのだ。

『お前って、平気で嘘つくんだな』

ひややかな声だった。思い出すと、胸を掻《か》きむしられる。

――嘘をついてすみません。騙してすみません。

何度謝っても謝り足りない。

許して欲しいと願うことすら許されないことはわかっている。

口に広がるコーヒーの苦みは、そのまま心の苦みだ。

「これ、村に関する資料です。残念ながら今回の件に繋がりそうな情報はありませんでしたが、古い新聞などからいくつか記事を抜粋してまとめてきました。現地に着くまでに目を通しておくといいかもしれません」

「何から何まで、本当にありがとうございます」

差し出された資料の綿密さに、薫平は頭の下がる思いがした。

今は忘れなくてはならない。

後悔も自己嫌悪も、この先に待っている辛い別れのことも、今だけは忘れよう。

最善を尽くすことだけ。しばらくはそれだけに集中しなくてはならない。

慶太郎は怒っている。当たり前だ。

次に届くメッセージはおそらく【二度と顔を見せるな】。あるいはこのままずっと無視を続けるか。どちらにしても今後、慶太郎からＳＯＳが送られてくることはないだろう。

そうなったら一体誰が猫耳を、尻尾を、消してやれるのだろう。ぬるめの煮干し出汁《だし》ラーメンを作ってやり、宥《なだ》めすかして風呂に入れ、笑わせてリラックスさせ、溜《た》まったものを抜いてやる。窮地に陥った時、海外通販で買ったコスプレ用の猫耳を持って駆けつけるのは、これから誰の役目になるのだろう。

——そんな奴……。

「いた」

「え？」

「あ、いえ、なんでもありません。すみません」

思わず声に出してしまい、新舘に不審がられてしまった。

脳裏に浮かんだのは、煮ても焼いても逆さに振っても、何をしても食えなそうな男の顔だった。

——鯨岡先生……。

我知らず口元が歪《ゆが》んだ。けれど慶太郎からの絶交宣言にリーチがかかった今、鯨岡の他に頼れそうな人間はいない。

この四年間、自分が慶太郎にしてきたことを考えれば、縁を切られるどころか訴えられても仕方がない。けれど、だからこそ、彼が医師として働けなくなることだけは防ぎたい。どんなことをしても防がなくてはならない。

慶太郎を救うことに繋がるなら、命だって惜しくない。

どんなに嫌われても、薫平の気持ちに変わりはない。

慶太郎が好きだ。慶太郎のすべてを愛している。

「そろそろですね」

新舘が腕時計に目を落とすのと同時に、停車駅を告げるアナウンスが流れた。

薫平は下腹に力を入れ、座席から立ち上がった。

早朝に東京を発ったのに、黙天領村に着いたのは午後二時過ぎだった。新幹線から在来線に乗り換え、バスを二本乗り継いだ。バス停からさらに一時間歩くとようやく里山らしき場所が見えてきた。

柊姓は村に一軒しかないらしく、今日の作業を終えたと思《おぼ》しき通りがかりの農夫に尋ねると、親切にその場所を教えてくれた。

「ここみたいですね」

「そのようですね」

薫平は新舘と並び、石の門柱の前に立った。門扉はなく、自分たちより遙《はる》かに背の高い門柱に「柊」とひと文字だけ掘られていた。

辺りには他に民家らしきものは見当たらない。三百坪ほどもあろうかという敷地は大小の木々に覆われ鬱蒼《うっそう》としていたが、最奥に茅葺き屋根の大きな古い屋敷が見えた。

「民話の世界ですね」

慶太郎に聞いていた通りだった。

新舘も「素晴らしい」と感慨深げに頷いた。

「あの大きく張り出した茅葺きの軒《のき》は、夏の日射しを遮り、冬は建物の奥まで日光を届ける。日本の風土に合ったとても合理的な構造なんです」

「先人の知恵ですね。土間や囲炉裏なんかが現役で使われていそうだなあ」

初めて見る本格的な古民家に見惚れていると、背後に人の近づいてくる気配を感じた。

「どちらさんかね」

「あ、すみませ――」

薫平は息を呑む。隣では新舘も同じように、驚きに息を詰めていた。

振り返った先に立っていたのは小柄な老人だった。額、頰、首筋や手の甲にも、それがまるで彼の年輪であるかのように深い皺が刻まれている。

華奢《きゃしゃ》ではあるが決して貧相ではない。アーガイルのセーターにコットンパンツ。足元の茶色い革靴はピカピカに磨き上げられている。こんな山奥に暮らしているというのに、シルクハットやステッキが似合いそうな品の良さを漂わせていた。

しかし薫平と新舘の視線を釘付《くぎづ》けにしたのは、里山に似つかわしくない見た目でも、年齢にそぐわない真《ま》っ直《す》ぐな背筋でもない。彼の顔貌《がんぼう》だった。殊《こと》にプライドの高い猫を思わせる目元は、慶太郎のそれと瓜《うり》ふたつだった。

古いフランス語の書籍にあったあのイラストの男にも、驚くほどよく似ていた。

「わしに用かね」

じろりと相手を見据えるような視線も、慶太郎そのものだ。

「はい、あの……えぇと」

訝るような視線に、薫平は口籠もる。

ここに無事辿り着くことだけを考えていた。会えなかったらどうしようとそればかり心配してきたから、門の前でいきなりバッタリという幸運すぎるシチュエーションに、対応がついていかなかった。

「初めまして。柊哲太郎さんですね」

しどろもどろの薫平の代わりに、新舘が一歩前に出た。

「そうだが」

「突然申し訳ありません。私、T大で文化人類学を研究している新舘と申します」

受け取った名刺を、哲太郎はしばらく見つめ、それからおもむろに薫平を見上げた。

「あんたもか」

「え？」

「あんたもT大の人なんか」

「あ、いえ、ぼ、僕は違います」

慶太郎と同じ瞳だというだけで、冷静さを保てなくなる自分が情けなかった。

「僕は修桜大病院で研修医をしています、戸之倉薫平と申します」

「修桜大病院？」

「はい。柊先生にはいつもお世話になっています」

薫平は深々と一礼した。

「慶太郎の……」

少なからず驚いた様子の哲太郎に、新舘がにこやかに語りかけた。

「先日慶太郎さんから、お屋敷を改築されたと伺いました。私、仕事がらこういった古民家にとても興味がありまして、不躾なお願いで恐縮なのですが、可能でしたら外観だけでも拝見させていただけないでしょうか」

おそらく道中考えてきたのだろう。新舘の口から繰り出される「訪問の理由」を、哲太郎は黙って聞いていた。なぜ慶太郎が一緒でないのかと聞き返されたらどう答えよう。ハラハラする薫平をよそに、哲太郎は「入りなさい」とふたりを敷地の中へと案内してくれた。

屋敷の周囲をぐるりとひと回りした後、大きな囲炉裏が主役の居間に通された。大がかりな改築をしたばかりとあって、室内にはそこはかとなく新しい木材の香りが満ちている。風格を感じる太い梁《はり》や黒光りする大黒柱は、長い歴史を経てきた重厚な存在感を放っていた。

「木材は檜《ひのき》ですか」

「ああ。檜だ」

古民家に関しては門外漢の薫平は、哲太郎と新舘の談義に耳を傾けていた。

「木材は古くなるにつれて強度が増すそうですね」

「檜のことしか知らんが」

「ええ」

「伐採から百年くらいが一番強いと聞いたことがある」

「百年。それはすごい」

淡々と話しかける新舘に、哲太郎は囲炉裏の炭をおこしながらとつとつと答える。

「土間の土を固めるのに、塩を混ぜたりすることもあると聞きましたが」

「塩分が空気中の水分を取り込むからの」

「暑い季節には気化熱で室内の空気が冷え、寒い季節は暖かく感じるわけですね」

「そういうことや」

「自然を上手《じょうず》に素材に取り込む。まさに知恵の結晶です」

短いやりとりが駆け引きのように感じられるのは、嘘をついて上がり込んだという疚《やま》しさからだろうか。会話が途切れるわずかな間に響く、お茶を啜る音がやけに大きく感じる。

「おふたり、お急ぎかね」

哲太郎がつっけんどんに聞く。

薫平は新舘と顔を見合わせた。

「ゆっくりしていけばいい」

哲太郎が、どっこいしょと立ち上がった。

そろそろ日が傾く。

「わしは土間におりますから」

足音もたてず、哲太郎は土間へと消えた。薫平は腕時計に目を落とす。村を出る最終のバスまで、あと三時間。

ゆっくりしていられる状況ではないのに、囲炉裏の中で炭が爆ぜる小さな音を聞いていると、時を遡《さかのぼ》っていくような錯覚に陥る。

――どう切り出せばいいのか。

薫平の視線に、新舘も思案顔で唇を噛んだ。気軽に話題にできるような話ではない。新舘も内心焦っているに違いない。

土間の方から煮炊きをする音が聞こえてくる。哲太郎が夕餉《ゆうげ》の支度《したく》を始めたのだろう。

「僕、ちょっと行ってきます」

「私も」

一緒に立ち上がろうとした新舘を制し、薫平はひとりで土間へ向かった。

「あの……」

おずおずと声をかけると、デニム地のエプロンを着けた哲太郎が振り向いた。

「なんかね」

「いえ、あの」

やはり炊事をしながら話せる内容ではない。

「何かお手伝いさせてください」

咄嗟《とっさ》に申し出ると、哲太郎は無表情のまま「座っておればいいのに」と言いつつ、傍らの大根を顎《あご》で指した。

「皮を剝いて、おろしにできるか」

「はい」

元気よく頷いた。

哲太郎は戸棚から電動のすり下ろし器を取り出した。海外製なのだろうか、楕円形の小《こ》洒落《じゃれ》たデザインが年季の入った土間に似つかわしくなくて、思わず微笑んでしまった。

「こんなもんに頼らんと大根もすり下ろせん。年は取りたくない」

「可愛《かわい》い形ですね」

「いつぞや慶太郎が送ってくれた」

「慶太郎さんがですか？」

驚いて覗き見た哲太郎の横顔は、ほんの少し緩んでいた。

「年寄り扱いしおってと、そん時は多少むうっとしたが、手の力が足らんようになっても、これがあれば大根でも人参でも楽におろせる」

「はい」

「便利な世の中になった」

ひとり言のように呟きながら、哲太郎は鍋の中の煮物を軽くかき混ぜた。

慶太郎が必要以上に穏やかなのは、猫耳を飛び出させないための防衛策だ。愛想の欠片《かけら》もない本来の気の強い慶太郎を知る者は、病院内にはほとんどいない。けれどその強気な本性のさらに奥には、目の前の鍋で煮込まれている煮物のようにほっこりと温かく、心にじんわり沁《し》みていくような優しさが宿っている。

手足の弱った曾祖父に電動のすり下ろし器を贈る優しさを、褒めればきっとそっぽを向いて『たまたま気が向いただけだ』とか何とか、見え透いた照れ隠しを口にするのだろう。

呆れるほど素直じゃない。正直かなり面倒臭い。

けれど薫平は、そんな慶太郎がこの世で一番好きだ。

愛していると伝えることは叶わなくても、その気持ちに変わりはない。

石綿金網の上で、サンマがじゅうじゅうと美味そうな音をたてている。

「あの」

「なんや」

「もしかして今夜、どなたかいらっしゃる予定だったんですか」

サンマの数は三匹。まるで自分たちが訪ねてくることがわかっていたかのようだ。

それだけではない。ちらりと覗き見た鍋の中身は、どう考えても百歳近い老人がひとりで食べきれる分量ではなかった。

薫平の問いかけに、哲太郎は答えない。片面が焼けたサンマを箸《はし》でひっくり返す。

「もう少し焼いた方がいいかの」

「哲太郎さん、あの」

「今年のサンマは脂《あぶら》がのって美味《うま》そうや」

もし先約があるのなら、いくらなんでもお暇《いとま》しなくてはならない。戸惑う薫平を見ようともせず、哲太郎はサンマの焼き具合に執心している。

「戸之倉さん」

「はい」

「あんた、慶太郎とは親しいんかい」

唐突な質問に、薫平は大根の皮を剝いていた手を止めた。

なんと答えようかとしばらく逡巡《しゅんじゅん》したが、結局素直に「はい」と答えた。

「親しくさせていただいています。僕が一方的にそう思っているだけかもしれませんが」

哲太郎はサンマを見つめたまま、ふっと小さく笑った。

「一方的に親しくとは、また不思議なことを。片思いじゃあるまいし」

片思いなのです、とは言えなかった。

「あんたが親しくしとると感じるんなら親しいんやろう。あれはわしに似てめっぽう愛想がない。『親しくしとる』と感じさせるような態度を嫌いな人間に対しては間違っても取らん」

「……はい」

可愛がられていたという慶太郎の言葉通り、哲太郎は曾孫のことをよくわかっていた。

「医師としても人間としても尊敬できる先輩です。素っ気なさの中にも気品があって、ツンツンしているくせに時々妙に子供っぽくて可愛らしくて。慶太郎さんほど素敵な人を僕は他に知りません」

力いっぱい言い切ってしまってからしまったと思ったが、哲太郎はうんうんと嬉しそうに頷いていた。

「戸之倉さんは慶太郎のこと、ようわかっとる」

「いえ……あっ、はい」

どっちつかずの返事に気を悪くする様子もなく、哲太郎は「そろそろええな」とサンマを順にひっくり返した。

「一緒に飲んだりするんか」

「はい。時々」

「いわゆる裸の付き合いなんやな?」

「……へっ?」

声を裏返す薫平を、哲太郎はちらりと一瞥する。

「垣根のない付き合いかと聞いとるんだ」

「あ……はい、一応、そんな感じ……です」

ひどく間の抜けた返事に、哲太郎は少々不満げだったが「まあいい」と頷いた。

全身がやたらと熱い。サンマと一緒に金網に乗せられた気分だ。

「戸之倉さんを見込んで、聞きたいことがあるんやが」

「はい、なんでしょうか」

「慶太郎には今、そういう相手はおるのかね」

「そういう相手……と申しますと」

「鈍い男やの」

哲太郎は薫平の方を向き直ると、「コレ」と右手の小指をピンと立てた。

「恋人はおるかと聞いとるんや」

「あ……」

「おるのか、おらんのか、どっちゃ」

「えぇとですね、それは」

この四年間、慶太郎に恋人はいない。しかしそれを自分の口から哲太郎に伝えていいものかどうか、薫平は迷った。

「あんたから聞いたとは言わん。オフレコというやつでひとつよろしく」

「はあ……」

「その様子だとやっぱりおるんやな。言えんような相手なんか」

「いえ、そういうわけでは」

「まさか性悪な女に、食いもんにされとるんやぁないやろな」

「いえいえ、そういうわけでも」

「はっきりせん男やのぉ。わしはあの子の恋人が十も年下の女子大生だろうが、二十も年上の熟女だろうが、化けもんみたいな化粧したオネエだろうが驚きはせんぞ」

興奮すると猫耳と尻尾が出る特殊体質のせいで恋人が作れないと知っても、驚かないでいてくれるだろうか。

「わしは興味本位で聞いとるわけやない。戸之倉さん。これは大事なことなんや」

「慶太郎さんに恋人がいるかどうかが、ですか」

「そうとも」

哲太郎は力強く頷いた。

「あの子には、なんとしても幸せになってもらわんといかん」

「それはもちろん」

慶太郎の幸せを願う気持ちの強さなら誰にも負ける気はしない。

「もしも今、あの子が恋をしておるなら、是が非でも成就させてもらわんといかん」

「是が非でも、ですか」

「是が非でも、何がなんでも」

哲太郎の鬼気迫る表情に、薫平はたじろぐ。

「恋人がおるんなら別れることはまかりならん。相手の女性には、命が尽きる瞬間まで慶太郎にぞっこんでいてもらわんと困る」

「はあ……」

顔かたちも性格も自分とよく似た曾孫だ。小さい頃から特別に可愛がっていたというのだから、それこそ目に入れても痛くないのだろう。どうか幸せにと願うのは当然だが、哲太郎の思いの強さはいささか常軌を逸している。

「でも、恋というのはもっと複雑なものじゃないかと思うのですが」

「何が複雑なもんか。多少口が悪かろうがツンデレだろうが、慶太郎ほどの美男子はそうそうおらん。そこいらを歩いとるだけで女性の十人や二十人は群がってくるやろう。慶太郎に選ばれた女性は、光栄に思って一生慶太郎に尽くせばええ。それだけのことや」

ですよね～と冗談にしてしまいたいところだが、残念ながら哲太郎はどこまでも大真面目《おおまじめ》だった。

「でも、相手の方がどれだけ慶太郎さんを好きでも、慶太郎さんが心変わりをすることだってあると思うんです」

「そこは努力あるのみや。慶太郎がまかり間違ってもよそ見などせんよう、魅力を常に保ってもらわんと困る」

「そんな無茶苦茶な」

「何が無茶苦茶なもんか」

薫平なら死ぬまで慶太郎にぞっこんだし、慶太郎によそ見をさせないように全力で愛すると天地神明に誓うことができる。求められれば世界の中心で愛を叫ぶことも厭わない。しかしこれから慶太郎が選ぶ女性が、自分と同じ深さで慶太郎を愛するとは限らない。

「あの、これはあくまでもしもの話ですが、たとえば今、慶太郎さんとお付き合いされている方がいらっしゃるとしてですね」

「おるのだな？」

「たとえばの話です。その方が慶太郎さんと別れたいと言った場合は……」

怒鳴られるかもしれないと身を竦《すく》めた薫平に、哲太郎はその口元を歪ませた。

「簡単なことや。わしがこの手であの世に送ってやるわ」

「あの世──」

左手に大根、右手に包丁を持ったまま、薫平は固まった。

親バカならぬ曾孫バカ、などと笑っていられる場合ではない。

可愛い曾孫のためとはいえ、なぜそこまで言い切るのだろう。何が哲太郎にそこまでの決意をさせているのだろう。

「戸之倉さん。あんた、どこまで知っとる」

「え？」

「あんたら、慶太郎のことを調べにここへ来たんやろ」

背中に冷たい汗を感じる。哲太郎は最初から気づいていたのだ。

「それ、は」

「正直に白状した方がええ。さもないと――」

哲太郎が一歩二歩とにじり寄ってくる。薫平は合わせるように一歩二歩と後ずさる。

とその時、新舘が土間に顔を出した。

「すみません、哲太郎さん」

「なんやね」

返事をする哲太郎の目は、薫平を見据えたままだ。

「どなたかいらっしゃったようです。外に車が」

「ようやく来たか」

哲太郎はようやく視線を新舘に向けた。

さっきははぐらかされたが、やはり来客の予定があったのだ。

「お客さんがいらっしゃるとは知らずに大変失礼いたしました。私たちはお暇します」

「いや」

哲太郎は流しで手を洗うと、デニムのエプロンを外した。

「新舘さんにも戸之倉さんにもいてもらった方がええ」

「しかしそれではお客さんに――」

「心配せんでええ。客やない」

哲太郎が土間から廊下に上がる。

意味を解せない薫平は、やはり困惑している様子の新舘と顔を見合わせた。

玄関扉が開くがらがらという音に混じって声がする。

「哲じいちゃん、着いたよ」

「おう、来たか。上がれ」

玄関からの声に応えると、哲太郎はゆっくりと薫平を振り返った。

「どうした戸之倉さん、そんな顔して」

驚きのあまり声が出なかった。呼吸も忘れた。

「そういうわけやから、新舘さんも戸之倉さんもぜひ同席してください」

哲太郎が、初めてにっこりと笑った。

「哲じいちゃん、どこ？　トイレ？」

もう一度、今度は居間の方から声がした。

「土間や。今そっちに行く」

哲太郎は急ぎ足で廊下を進み、居間の障子《しょうじ》を開いた。

「よう来たな、慶太郎」

「哲じいちゃん、すっかりご無沙汰《ぶさた》していました。これ、お土産《みやげ》」

「何も買ってこんでええと言ったのに。そちらの方の車に乗せてきてもらったんか？」

「はい。紹介します。呼吸器外科でお世話になっている——」

「初めまして。鯨岡と申します」

——なんで……。

薫平は包丁を握ったまま、くらりと目眩《めまい》を覚えた。

「誰か来てるの？」

「ああ来とる。お前のよく知っとる人だ」

「知っている人？　おれの？　誰？」

障子から顔を出した慶太郎は「あっ」と短く発した後、携えていた土産の袋をどさりと床に落とした。


恐ろしく静かな山里の夕刻、四角い囲炉裏を五人で囲んだ。

新舘が上座《かみざ》に通された。その向かい側、廊下に近い下座《しもざ》に慶太郎と哲太郎が並んだので、薫平は必然、鯨岡と向かい合わせて座ることになった。

早朝に発った薫平たちから遅れること数時間、慶太郎は新幹線ではなく鯨岡の運転する車で自宅マンションを出た。西へ向かって七時間、ほぼ無休で走り続けたという。

「ぴー……柊先生はひとりで行くと言ってきかなかったが、さすがにこの状態で、ひとりで新幹線に乗せるわけにはいかなかった」

「……すみません」

「謝ることじゃない」

鯨岡は珍しく神妙な面持ちで深いため息をついた。

慶太郎に寄り添う鯨岡を目にした時は、カッと頭に血が上った。しかし次の瞬間、慶太郎の頭部が黒いニット帽で覆われていることに気づき、怒りは驚きに変わった。

頭頂部の歪《いびつ》なシルエットは、猫耳が出ている証拠だった。「この状態で」と鯨岡は言った。少なくともこの七時間、耳が出たままだということになる。猫耳は感情の昂りによって飛び出し、落ち着きを取り戻せば消える。薫平の知る限りこの四年間、これほど長時間猫耳が引っ込まなかったことはなかったはずだ。

もしかすると慶太郎の身体に、新たな変化が訪れたのだろうか。

胸に黒雲のような不安が広がる。

慶太郎はずっと、猫耳の原因が生薬入りドリンクだと信じてきた。ところが幹太も同じものを口にしていたと知り、原因は別にあるのではないかと疑い始めた。こんな非常時に危険を冒してまでここへやってきたのは、自分たちと同じように、猫耳が生えた本当の原因を探そうとしているのに違いない。

慶太郎はどの段階で、ここを訪ねようと決めたのだろう。

昨夜自分が帰った後だろうか。それとももっとずっと前から決めていたのだろうか。

朝方まで一緒にいたのに、何も話してくれなかった。打ち明けてはもらえなかった。

慶太郎が頼ったのは、自分ではなく鯨岡だった。

——当たり前か……。

慶太郎は、腰を下ろしてから一度も薫平を見ようとしない。それが答えなのだ。

薫平はそっと唇を嚙んだ。

囲炉裏の中心にぶら下げられた鉤《かぎ》の先で、鉄瓶の湯がしゅんしゅんと湧いている。哲太郎は慣れた手つきで鉄瓶を外した。

「何度電話をしても『そのうち、そのうち』ばかりやったな」

淡々とした哲太郎の言葉に、慶太郎は「すみませんでした」とうな垂れた。

あの後ひとりでまた泣いたのだろう、目蓋が腫《は》れぼったい。疲れ切ったような虚ろな表情に胸が痛んだ。

「責めとるんやない。医者の仕事はようわかっとる。忙しくて来られんのやなあと諦めとったのに、突然『今からそっちへ向かう』言うから、なんかあったんやろうとは思ったが」

哲太郎はまったりと急須に湯を注ぐ。

そして天気の話でもするように、するりと切り出した。

「猫の耳が、出たまま引っ込まんようになったんやな」

ハッと顔を上げた薫平の正面で、鯨岡も目を見開いていた。

慶太郎は慌てるでもおろおろとするでもなく、落ち着いた声で「はい」と頷いた。

「見してみぃ。どうせこちらの方々はみんな、お前の耳のことはご存じなんやろ」

慶太郎はどこか観念したように、ゆっくりとニット帽を脱いだ。

ひょこんと現れた猫耳に、息を呑んだのは新舘ひとりだった。哲太郎は急須の蓋を閉じながら曾孫の頭部をちらりと一瞥し、信じられないひと言を放った。

「わしのより、少しばかり茶色が濃いな」

その台詞に、薫平は新舘と顔を見合わせた。

――やっぱり。

新舘は無言のまま小さく頷いてみせた。

『黙天領村特有の、あるいは柊家に伝わる遺伝子に起因するもの』

新舘が立てた仮説は正しかった。慶太郎の猫耳は、やはり遺伝だったのだ。

「哲じいちゃんのよりって、それ、どういう意味？」

震える声で、慶太郎は隣の哲太郎を覗き込んだ。

「まさか哲じいちゃんにも、同じ耳が――」

身を乗り出す慶太郎を制し、哲太郎は薫平に向かって言った。

「戸之倉さん、新舘さん。古民家を見に来たというのは口実で、本当は慶太郎のことを調べに来たんやろ？」

え、と振り向いたのは慶太郎だった。

「そうなのか、薫平」

「それは……」

言葉の出てこない薫平の代わりに、新舘が頭を下げた。

「おっしゃる通りです。嘘をついてしまい、申し訳ありませんでした」

薫平も一緒に深々と頭を下げる。

「謝罪などええ。新舘さん、ぜひあなたのお話をお聞きしたい」

哲太郎に促され、新舘は頷いた。

修桜大病院に入院していたひとり息子の岳が、偶然慶太郎の猫耳を目にしたこと。家にある古い書籍の中に、猫耳を生やした男のイラストがあったこと。そのイラストが慶太郎にそっくりだったこと——。新舘はここに至るまでのことを、順を追って話した。

「これが、その本です」

新舘が示したページを、哲太郎は興味深げに見入った。

「なるほど、わしらによう似ておる」

「ぴー……柊先生にも、哲太郎さんにも見えますね」

鯨岡も覗き込む。

品のいい小作りな面立ち、すっと真っ直ぐに通った鼻筋、猫を思わせる大きな瞳、すべて柊家の顔なのだろう。

哲太郎は「さて、どこから話そうかの」と、四人の顔を交互に見つめた。

「慶太郎。お前は小さい頃、屋敷の裏山でよう遊んどったな」

「うん。高い木に登ったまま下りられなくなったことがあった」

「あの木のすぐ近くに、小さな祠《ほこら》があったんを覚えとるか」

「覚えているけど、それが何か」

「それが猫神さまの祠だ」

「猫神さま？」

「今新舘さんがお話しくださった通り、黙天領村は八十年前までマタタビ村と呼ばれておった」

哲太郎は囲炉裏の縁に指で「木」「天」「蓼」と書いてみせた。

「ここ木天蓼村はな、慶太郎、猫神さまの村なんよ」

「猫神さまの村？」

「そして猫神さまの祠をお守りする役目を仰《おお》せつかっておったのが、柊家だ」

昔話でもするように、哲太郎は話し出した。

猫神さまは気まぐれな神さまで、悪さこそしないが時折里に下りてきては、人間に小さないたずらを仕掛けた。標的は主に小さな子供だという。

「もしかして、あの時おれが木から下りられなくなったのも」

慶太郎が目を丸くした。

「猫神さまのいたずらさ。過疎が進んで、あの頃すでに村に子供はほとんどおらんかったからな。猫神さまも慶太郎が遊びに来るのを楽しみにしとったんだろう。あん時は、お前がなかなか帰ってこんから心配して裏山に行ってみたら、祠の前に猫が一匹座っておった。木のてっぺんの方角を見上げて『にゃあ』と楽しそうに鳴いたのを見て、さては慶太郎め、猫神さまのいたずらで木から下りられんようになったなとわかった」

「それじゃおれのこの猫耳も、猫神さまのいたずらなんだね？　猫神さまの気まぐれが終わればまた、元の身体に戻れるんだね？」

「残念ながらそうではない」

哲太郎は静かに首を振った。

「柊家には、稀《まれ》に特殊な体質を持った男子が生まれる。成長すると特殊な身体になる運命を持った男子、と言った方が正確かもしれん」

「遺伝ってこと？」

「遺伝ではない。人間であるわしらに耳や尻尾を与えるということは、猫神さまからすれば最高の名誉を授《さず》けることなんや。祠を守ってくれる柊家に対する敬意の表れなんやろう。ちなみにわしに初めて猫耳が生えたのは、十の年だった」

「なにかきっかけがあったのでしょうか」

新館が尋ねる。

「引き金は、恋や」

「恋、ですか」

「そう。恋。死ぬまでその人と添い遂げても構わんと思えるような、本物の恋に落ちた瞬間から、様々な感情によって猫耳や尻尾が現れるようになる」

「哲太郎さんは、十歳で本物の恋を知ったのですか」

鯨岡が頓狂《とんきょう》な声を上げた。

「本物の恋に、年など関係あるかね」

哲太郎に睨まれ、鯨岡は「ごもっともです」と肩を竦めた。

「相手は六つ年上でな、村一番の美人だった」

「六……つ上」

何か言いたげな鯨岡を、新館がそっと視線で諌《いさ》めた。

「彼女もまんざらじゃあなさそうやったんで、ある日裏山に誘い出してちゅうをしようとした。そして彼女に抱きついた瞬間、尻《しり》のあたりがむずむずし出した。子供心に何かよからんことが起こっとる予感がした。恐る恐る自分の尻に手をやると……人間には決してあってはならんもんが、そこに生えておった」

性的な興奮で尻尾が飛び出すところまで、慶太郎と同じだ。

「腰が抜けるほど驚いたが、彼女はもっと驚いた。きゃああと叫んで逃げてしまった。わしは自分の身に起こったことが信じられず、半ば錯乱してわあわあと叫んで走り回った。するとあろうことか今度は頭に猫の耳が生えてきた」

初めて猫耳が生えた時、慶太郎は薫平の目の前で失神した。哲太郎少年の驚きがいかばかりか、想像することは難しくない。

やはりというか当然というか、哲太郎は気を失った。正気に返った時には耳も尻尾もきれいさっぱり消えていたので、悪い夢でも見たのだろうと思い、その日は家に帰ったという。

ところがそれからも猫耳と尻尾はしばしば現れた。両親にも兄弟にも打ち明けられず、哲太郎はひとり悶々《もんもん》と苦しんだ。突然人が変わったように無口になった哲太郎から、友人はひとりふたりと離れていった。唯一の救いは六つ年上の美女だけが変わらず哲太郎の傍にいてくれたことだ。彼女は尻尾のことを決して口外せず、それどころか数年後、すべてを知った上で哲太郎との結婚を決めた。

「その人が曾おばあちゃんなんだね。おれが生まれる少し前に亡くなった」

「そういうことや」

祝言から何日か経ったある日、哲太郎は裏山で若い外国人を見かけた。裏山の山道はけもの道で、地元の人間以外が訪れることはほとんどない。祠の写真を撮ったりメモを取ったりする金髪の男に、哲太郎は強い違和感を覚えたという。

「その数日後のことや。村議会で突然、村の名前を変えるという案が出された。なんやようわからんうちにするするーっと可決されて、あれよあれよと言う間に木天蓼村は黙天領村と名前を変えた。なんでそうなったんか、なんの必要があったんか誰ひとりとして知るもんはおらん。誰も疑問を口にせんし、文句も言わんかった。不思議に思うもんもおらなんだ」

「つまり村の名前を変えたのは、猫神さまの仕業《しわざ》ってこと？」

その外国人はおそらく、村に伝わる猫耳の秘密を調べにやってきたフランスの研究者だったのだろう。猫神さまは木天蓼、つまりマタタビと猫を結びつけ、村の秘密に迫ろうとする輩《やから》を排除しようと考えたというのか。

「少なくともわしはそう考えとる。村を守ろうとする、猫神さまの思し召《め》しだ」

新館がイラストのページをじっと見つめている。同じことを考えているのだろう。

人間に猫の耳や尻尾まで生やすことができるのだ。自分たちが支配する村の名前を変えることくらい朝飯前なのかもしれない。

「仮に今の話が全部本当だとして、哲じいちゃんはそれを誰から聞いたの？」

そこにいる皆が感じていたであろう疑問を、口にしたのは慶太郎だった。

哲太郎は誰にも相談できなかったと言っていた。だからひとり悩み、友人を遠ざけた。哲太郎が抱える秘密を知る者は、本人と美しい妻のふたりだけだったはずだ。

「最初から全部知っていたわけじゃないんでしょ？　もしかして猫神さまから直接？」

「人間は、猫神さまには会えん。話すこともできん」

哲太郎は自ら入れたお茶をひと口啜った。

「慶太郎、屋敷の北側に納戸《なんど》があったのを覚えておるか」

「あの、暗くてホコリっぽかったところ？　一度、悪さをして放り込まれた」

「あの納戸を、今度の改築で取り壊した」

「もう放り込まれなくて済むね」

慶太郎は小さく肩を竦めてみせたが、すぐに何かに気づいたように「あっ」と小さく声を上げた。

「もしかして納戸から何か出てきたの？」

慶太郎の言葉に、哲太郎は大きくひとつ頷いた。

「疲れて倒れられたら困るから業者に頼んだ方がいいと、息子夫婦には再三言われたが、わしは自分のことは自分でする主義でな」

解体の日までに空にしようと、ひとりこつこつと納戸を片付けていた哲太郎は、一番奥の棚から古い小さな行李《こうり》を見つけた。

「納戸の中身は大体把握しておったつもりだったが、その行李には見覚えがなかった」

ホコリを払い、蓋を開けると、中から出てきたのはいつの時代のものかもわからないほど古い、いわゆる書き付けのようなものだったという。

「時間をかけてどうにか解読した。わしは呆然としてしばらく動くことができんかった」

昔々猫神さまによって作られた村、木天蓼村。

祠を守る役割を与えられた柊家。

脈々と受け継がれる猫耳と尻尾の秘密。

八十年以上知りたくてたまらなかったことが、すべてそこに書き綴《つづ》られていたという。

「だから改築が終わった頃から、時々電話をくれたんだね」

「ああ。一刻も早くお前に知らせたくてな」

「ぴー……柊先生に猫耳が生えると、そこに書かれていたんですか」

身を乗り出すように、鯨岡が尋ねた。

「そんなことは書かれておらん。ただ、猫耳体質の男子は、二代おきに生まれるとあった」

「二代おき？」

哲太郎以外の四人が声を揃《そろ》えた。

「そう、二代おきだ」

「それで父さんやお祖父ちゃんには猫耳が出ずに……」

「二代おいた曾孫のお前に現れたということだ。わしの父にも祖父にも変わったところはなかった。しかしわしの曾祖父はわしと同じように、頑固ジジイだとか変わり者だとか言われて回りから疎まれておったと聞いたことがある。わしが生まれた時にはもう亡くなっておったから、本当のところは知る由もないがな」

慶太郎は三十歳。普通に考えれば恋を知っている年齢だ。きっと人知れず猫耳と尻尾に悩まされているに違いない。哲太郎は何度も電話をかけ、近いうちに遊びに来いと誘った。

「昨夜、電話に出たお前の声を聞いて、わしは『もしかしたら間に合わんかったか』と思った。ひどく落ち込んだような声だったからの。猫耳のことが、病院中に知れ渡ってしまったのではないかと心配した」

「大丈夫、そんなことはありません」

ナイトさながらの頼もしい声で答えたのは、鯨岡だった。

「ぴ……柊先生の傍にはいつも私がいます。ご心配なく」

鯨岡は、哲太郎ではなく正面の薫平を見据えながら言った。

視線がぶつかる。勝ち誇ったような鯨岡の顔に、じりじりとはらわたが煮えた。

「慶太郎は回りの人に恵まれたな」

鯨岡の言葉にいくらか安心したのだろう、眦《まなじり》を下げる哲太郎に慶太郎は「心配させてごめんね」と小さく呟いた。

「哲じいちゃん、その書き付け、見せてもらえる？」

「もちろんだとも。奥の仏間にしまってあるから、今持ってくる」

哲太郎は「待っとれ」と立ち上がり、障子の向こうに消えた。

四人になった途端、重苦しい静寂が訪れた。

しんと静まりかえった囲炉裏端に、炭の爆ぜる音だけが響く。

薫平は気づいていた。慶太郎はあきらかに自分を避けている。この場に腰を下ろしてから、一度も視線を合わせようとしない。

「大丈夫かぴーちゃん。疲れていないか」

気遣う鯨岡の声に、慶太郎は「ありがとうございます」と気丈に頷いてみせた。

ついこの間まで、それは薫平の役目だった。

慶太郎さん大丈夫ですか？　疲れていませんか？

かけたい言葉はいくらでも浮かんでくるのに、ひとつとして届けることは叶わない。すべては自分が悪いのだとわかっていても、いやわかっているから余計に胸が痛んだ。

唇を噛んでうな垂れていると「大丈夫ですか」と新舘が声をかけてくれた。

「僕は大丈夫です。新舘先生こそお疲れじゃないですか」

「こう見えて私は体力の鬼なので平気です。しかしあまり長居をしては皆さんにご迷惑でしようから、書き付けを拝見したら遅くならないうちに旅館に参りましょう」

「そうですね」

在来線の駅の近くに一軒だけある、小さな旅館を予約してきた。

最終のバスに間に合うようにお暇しなくてはならない。切ない気持ちを押し殺しながら慶太郎を見ると、射貫《いぬ》くような鋭い視線で睨《ね》めつけられた。

ようやく視線が合ったというのに、向けられる感情が怒りだなんて。

いたたまれなくてトイレに立とうとすると、「戸之倉」と鯨岡が呼んだ。

「どこへ行くんだ」

「トイレです」

「逃げるんじゃねえだろうな」

「……は？」

頭の中で、カチンと音がした。

「どうして僕が逃げなくてはいけないんですか」

「心当たりがあるだろうが」

「どういう意味ですか」

薫平は片足の膝《ひざ》を立てたまま、鯨岡を睨んだ。

「お前、昨夜俺になんつったか覚えてるか」

「鯨岡先生」

　何か言いかけた慶太郎を、鯨岡は手で制した。

「万が一にも、この件が他に漏れるようなことがあったら、その時俺はあなたを殺します。お前はそう言ったんだ。よもや忘れたとは言わせないぞ」

「ちゃんと覚えています。それが何か」

「それが何かだと？　戸之倉、俺はお前が嫌いだ。しかしお前なりにぴーちゃんを守ろうとしている、その気持ちだけは理解してやるつもりだった。それがなんだ、このざまは。守るどころかお前が一番ぴーちゃんを傷つけ――」

「鯨岡先生、そのことはもう」

「ぴーちゃんは黙ってろ。俺はこの二枚舌の軽薄研修医野郎がどうしても許せねえんだ。戸之倉、ぴーちゃんがどうして今日ここに来たかわかるか」

　いろいろと聞き捨てならないが、慶太郎が突然この村を訪れた理由は知りたい。

「猫耳の原因が、自分のルーツに関係していると気づいたからじゃないんですか」

　ちらりと慶太郎を見やる。

　すっと視線を逸らされ、心がずんと重くなった。

「もちろんそれもある。しかしそれだけじゃない。ぴーちゃんはな、病院を辞めるつもりなんだぞ」

「……えっ」

――慶太郎さんが病院を……。

予想もしなかった事態に、薫平は言葉をなくす。

今朝早く、慶太郎の様子を見に行った鯨岡は『猫耳について他言はしないから心配するな』と伝えマンションを後にした。しかし直後、慶太郎から『修桜大病院を退職したい』と電話があり、仰天《ぎょうてん》して駆け戻った。

慶太郎の頭には昨夜見たのと同じ猫耳が生えていた。引っ込まなくなってしまったのだというのだ。聞けば『曾祖父が住む田舎の村で診療所の医師をするつもりだ』と言う。今からひとりで発つという慶太郎を、鯨岡は『自分が車を出すから一緒に行こう』と説得した。

慶太郎が病院を辞めようとまで思った原因は、間違いなく自分にある。

四年間も騙し続け、責任の名の下に無体な行為を強いていた。何も知らない慶太郎はそんな最低な自分に対し、感謝すら口にしていた。真実を知った今、顔も合わせたくないと思うのは当然だ。

「ぴーちゃんがお前をどんなに頼っていたか、わかっていたはずだ。なのにお前はその信頼を裏切っただけでなく、卑怯《ひきょう》なやり方で弄《もてあそ》んだんだ」

「…………」

何を言われても、言い返せなかった。

憤懣《ふんまん》やるかたないのだろう、鯨岡は苦々しげに「まったく」と尖《とが》ったため息をついた。

「俺が病院を辞めます。だから慶太郎さんは――」

「今、その話はしたくない」

慶太郎がぴしゃりと言った。

「辞める辞めないはおれの問題だ。お前は口出しするな」

平手打ちを食らったような気がして、薫平はうな垂れた。

しん、とまた重苦しい静寂が四人を覆う。

「私には」

遠慮がちに口を開いたのは新舘だった。

「少なくとも私には、戸之倉先生が人の心を弄ぶような人には思えません」

「新舘先生……」

励ますような温かい表情が、余計に薫平を苦しめた。

「誤解があるようなので申し上げますが、今回の件は、私の方から戸之倉先生に是非とお願いしたんです。戸之倉先生はなかなか本当のことを話してくれませんでした。柊先生との約束を守ろうとしたんです」

「話そうと決めたのは僕です」

「無理矢理巻き込んで、ここまで付き合わせたのは私です。柊先生にも戸之倉先生にも、本当に申し訳ないことをしました」

新舘が頭を下げた。

「頭を上げてください。新舘先生のせいじゃありません」

「当たり前だ。全部お前のせいだ、戸之倉」

「鯨岡先生は、戸之倉先生を誤解しておられます」

「誤解じゃないんですよ、新舘先生、こいつは」

揉める三人の傍らで、慶太郎がすーっと立ち上がった。

「どうした、ぴーちゃん」

鯨岡の声が聞こえないように、慶太郎はふらふらと戸口へ向かった。

「慶太郎さん」

「ぴーちゃん、どこ行くんだ」

薫平は疲労の滲んだその背中を追う。鯨岡も立ち上がり慶太郎に駆け寄った。

「慶太郎さん、大丈夫ですか」

「具合でも悪いのか、ぴーちゃん」

「もういい……もう」

消え入りそうな声で、慶太郎が呟いた。

「慶太郎さん、あの……」

「付いてくるな。鯨岡先生も座っていてください。すぐ戻ります」

慶太郎はそう言って、新舘を振り返った。

「新舘先生、この度はいろいろとありがとうございました」

「いいえ。勝手な真似《まね》をしてしまったこと、とても反省しています」

慶太郎は俯き加減に首を振る。口元に笑みを浮かべてはいるがその瞳はひどく悲しげで、魂が抜けてしまったように見えた。

「新舘先生、薫平をよろしくお願いします」

「え？」

新舘が戸惑ったように首を傾げた。

「えーっと、よろしくというのは……」

「どうぞよろしくお願いします」

慶太郎はもう一度、まるで念を押すように新舘に一礼すると、踵を返して歩き始めた。

「待ってください、慶太郎さん」

廊下の中ほどで、薫平は慶太郎の前に立ちふさがった。

「付いてくるなと言ったのが聞こえなかったか」

「聞こえません」

「耳鼻科に行け」

「よろしくってどういう意味ですか」

「わからないならわからなくていい」

「ちゃんと答えてください」

肩を摑もうと伸ばした手を、慶太郎はゆっくりと払った。

見上る瞳が冷たい。仄暗《ほのぐら》い、冬の湖のような色だった。

こんな時なのに、猫耳が生えているのに、なんてきれいな人なんだろうと思う。

——こんなに好きなのに……。

薫平は拳を握って立ち尽くすことしかできない。

「いいから戻れ。座っていろ」

「嫌です」

「どけ」

「どきません」

「哲じいちゃんを見てくるだけだ。遅いから、書き付けを探しているのかもしれない」

そう言われてしまうと、これ以上食い下がることはできなかった。

薫平は通せんぼうをやめて、渋々壁際に寄った。

「昨夜言ったこと、覚えていますか」

「なんだ」

「近いうちに、あらたまってお話ししたいことがあると言いました」

慶太郎の痩《や》せた背中が、びくりと竦んだ。

「そう……だったかな」

「後で少し時間をいただけますか。謝らなくちゃいけないことがあります。もう気づいているでしょうけど、許してもらえるとは思いませんけど、やっぱりきちんと謝りたいんです」

破裂寸前の風船のように、空気が張り詰めている。

慶太郎は振り返らないまま、「わかった」とだけ答え、そのまま廊下の奥へと消えた。

——これでいいんだ……これで。

自分で蒔《ま》いた種を、刈るときが来ただけだ。

罵られて、軽蔑されて、嫌われて、二度と会えなくなる結末を、用意したのは自分だ。

薫平は唇を噛みしめる。

「謝るってのも、どうかと思うがな、俺は」

話を聞いていたのだろう、鯨岡は部屋の戸口で腕組みをしていた。

その後ろには新舘が心配そうな顔で立っている。

「あんまり残酷じゃねえのか、戸之倉。謝ればお前はすっきりするだろう。けどぴーちゃんにしてみれば、傷口に塩塗られるようなもんだろうが」

「…………」

言い返せないのは、鯨岡の言うことが正しいからだろう。

相手の気持ちを顧みない謝罪は、単なる自己満足だ。

このまま消えてしまった方が、慶太郎を傷つけずに済むのなら……。

廊下の真ん中で薫平は逡巡する。

「心の準備もないまま、お前と新舘先生がふたり並んで現れたんだぞ。でもってお互いを庇《かば》い合ったりして。あれじゃショックを受けないはずがない。お前に人の心があるなら、今夜はそっとしておいてやれ」

「……新舘先生？」

薫平はうな垂れていた顔を上げた。なぜ新舘の名前が出てくるのか。

「俺は今ここでお前に恋愛のイロハを語るつもりはない。お前だってよもや今日、ぴーちゃんがここへ来るとは思っていなかったんだろう。だけどな」

「ちょ、ちょっと待ってください！」

薫平は鯨岡の言葉を遮り、新舘と顔を見合わせた。

新舘がこれほど目を丸くしているのを見たのは、初めてのことだった。

「いや待たない。これだけは言っておく。戸之倉、お前のしていることは男として、いや人間として最低だ。俺はお前を軽蔑する。ぴーちゃんが許しても俺は絶対に許さな――」

「待ってください鯨岡先生」

今度は新舘が遮った。

「あの、鯨岡先生はもしかすると、私と戸之倉先生がそういう、つまり、恋人関係だと思っていらっしゃるのですか？」

常に理路整然とした新舘が、珍しく声を上擦《うわず》らせている。

「思ってらっしゃるも何も、そういう関係だからこうして一緒にいらっしゃったんですよね」

「とんでもない。誤解です」

「誤解？」

「確かに私は戸之倉先生をこの件に巻き込みました。しかしそれは彼が柊先生と懇意にしていると知っていたからです。猫耳に関して自分が立てた仮説に確証が持てずにいました。いやらしい言い方ですが、仮説を決定づけるために、信頼できる筋からの確かな情報が欲しかったのです」

「本当なのか、戸之倉」

新舘と同じくらい目を丸くし、鯨岡が尋ねた。

「新舘先生のおっしゃる通りです」

「それじゃ、お前はぴーちゃんに、何を謝ろうとしたんだ」

「それは――」

さすがに今まで慶太郎にしてきたことすべて打ち明けることはできない。

続く言葉を呑み込んだところで、小さな行李を抱えた哲太郎が戻ってきた。

「お待たせした。これがその書き付けだ」

「あれ、慶太郎さんは？」

「ちょっと外へ行くといって裏から出ていった」

「外？」

「風に当たってくると言っておった。じきに戻るだろう」

——慶太郎さん……。

薫平は慶太郎の上着を鷲《わし》づかみにすると、玄関を飛び出した。

「戸之倉！　待て！」

「戸之倉先生！」

ふたりの声が背中に飛んできたけれど、振り返るつもりはなかった。

☆★☆

里山は夜の訪れが早い。

ここ数年、都心を離れる機会がなかったから、すっかり忘れていた。

日が落ちる速さと競うように気温が下がっていく。

「寒っ……」

裏山の頂上へ上る坂道は、こんなに勾配が急だったろうか。上着を着てこなかったことを後悔しながら、慶太郎は背中を丸めて歩いた。

幼い頃は寒さなんて感じたことがなかったような気がするけれど、もしかすると人間は常に、自分に都合のいいように記憶を修正しているのかもしれない。

楽しかったことは、よりはっきりと。

悲しかったことや辛かったことは、そんなこともあったよねと笑えるくらいに薄めて。

だったらきっと忘れられる。今日のことも、今までのことも。

恋していたなんてちっとも気づかなかったなあなんて、笑える日がきっと……。

――来るんだろうか。

辿り着いた頂上で足を止め、ひとつしかない古いベンチに腰を下ろした。

携えてきたランタンの明かりを消し、天を仰《あお》ぐ。

暮れ落ちたばかりの夜空にはすでに気の早い星たちが輝いていた。

「きれいだ……」

心がちぎれそうに痛んでも、星たちは変わらず瞬く。

今年の誕生日、薫平と見た星空も、今夜と同じくらい美しかった。

あの日の薫平の白い息や、触れた指先の感触が蘇りそうになって、慌てて目を閉じた。

小さなことだよ、失恋なんて。

忘れられる。忘れなくちゃダメだよ。気づかれないようにそっとね。

二千億個の星たちが、瞬きながら囁くけれど。

——薫平……。

目を開き、ゆっくりとまた空を見上げた。

星が滲んでいる。つーっと頬を熱いものが伝った。

生えたままの耳が、微《かす》かな夜風を感じた。

猫耳なんてもうどうでもよかった。尻尾だって好きに生えたらいい。

どうせこの先、他の誰かに身体を預けたりはしない。

薫平だから、どんなにみっともない自分でもさらけ出すことができた。

薫平の前でだけは、心のままに振る舞えた。

薫平さえいてくれたら、他には何もいらなかったのに。

目の前で見つめ合い、互いを庇い合う薫平と新舘を見るのは辛すぎた。この上薫平の口から別れを告げられるなんて、きっと耐えられない。

誰より幸せになって欲しい。世界中の幸せをかき集めて、別れの餞《はなむけ》にしたいくらいだ。なのに薫平がようやく摑んだ幸せを、心から祝ってやることができない。

矛盾している。だけどどうすることもできない。また涙が溢《あふ》れた。

――薫平……。

好きだった。大好きだったんだ。

「薫……平っ」

顔を両手で覆う。嗚咽と一緒に、声が漏れた。

「呼びましたか」

そう、この声だ。この声は寄り道を知らない。

いつだって心の一番深くまで真っ直ぐに届いて、優しく癒《いや》してくれる。

のろりと顔を上げると、闇の中から愛しい姿が近づいてきた。

「何してるんですか、こんなところで」

「夜風に当たってるんだ」

「風邪《かぜ》ひいたらどうするんですか」

「……何しに来たんだ」

薫平は持ってきた上着を慶太郎の背中に掛け、ランタンの明かりを点《つ》けた。

暗闇に浮かび上がった背の高いシルエットから、思わず視線を逸らした。

「横、座ってもいいですか」

「…………」

「さっきの話です」

「今は聞きたくない」

「いつならいいんですか」

「…………」

「座ります」

律儀に断りを入れ、薫平は慶太郎の横に腰を下ろした。

「何から話せばいいのか、正直かなり混乱しています。まずは新舘先生のことですけど――」

「よかったじゃないかっ」

慶太郎は弾《はじ》かれたようにベンチから立ち上がった。

「ずっと好きだったんだってな。想いが叶ってホントよかったな。新舘先生って、穏やかで優しくて素敵な紳士だもんな。お前が惚れる気持ちもわかるよ」

声を震わせながら、ぺらぺらと捲《まく》し立てた。

そうでもしていないと足元から地面が崩壊していきそうで、怖くてたまらなかった。

「幹太ですね」

「え？」

「俺が新舘先生をずっと好きだったって言ったの」

「………」

否定も肯定もできずにいると、薫平は「やっぱり」と大きなため息をついた。

「この前、新舘先生とホテルのラウンジで待ち合わせたんですけど、その時幹太が外を通りかかったんです」

ソファーに並んで座っていたという、あの日のことだ。

「あらん誤解をされなきゃいいなと思って、そのうち連絡しようとは思っていたけど、まさか速攻で慶太郎さんに伝わっているとは思いもしませんでした」

「誤解？」

「誤解です。戦犯級の大誤解です」

「戦犯って……」

「新舘先生は素晴らしい方です。今回の件についてはとても感謝していますし尊敬もしています。けど恋人じゃありません。新舘先生をそういう意味で好きだと思ったことは一度もありません」

薫平は真っ直ぐに慶太郎を見上げ、きっぱりと言った。

「……嘘だ」

「本当です」

「だって、お前、新舘先生と一緒に、今日も、昨夜だってふたりで」

頭がこんがらがって、言葉が紡げない。

「昨夜新舘先生と会ったのは、今日の打ち合わせのためです」

慶太郎の猫耳の原因がわかるかもしれない。

その思いに突き動かされて、新舘と行動を共にしてきたのだと薫平は言った。

「じゃあ、お前のその、謝りたいことっていうのは……」

自分たちが恋人関係なら、心変わりを謝罪したいという薫平の気持ちはわかる。けれど自分は薫平の恋人ではない。薫平が誰と恋に落ちようが、謝る筋合いなどない。

「お前、おれに何を謝ろうとしたんだ」

「俺は……」

薫平は言いあぐねたように唇を噛む。

そして大きくひとつ深呼吸をし、何かを決意したようにベンチから立ち上がった。

「俺は四年前、慶太郎さんに嘘をつきました。ひどい嘘です。そして四年間、バレないのをいいことに騙し続けてきました。あの日……慶太郎さんは、冷蔵庫の生薬入りドリンクを誤飲してしまった。その直後、突然猫耳が生えた。数分の間にあり得ないことが続けて起こったから、思い込んだんです。ドリンクの誤飲が猫耳の原因だと」

「それじゃ、あのドリンクはやっぱり」

「まったく無関係です。本当の原因はさっきの哲太郎さんのお話ではっきりしましたよね」

「でも……」

それならこの四年間、薫平が何度となく口にしてきた「責任」とは一体なんだったのか。

俺の責任です。だから俺が慶太郎さんを守ります。

ドリンクと猫耳がまったくの無関係なら、繰り返されてきたそれらの台詞は意味を成さなくなる。

「柊家の家系が関わっていたことは今日初めて知りました。でも俺、ドリンクと猫耳が無関係だということは最初から知っていました。なぜなら俺自身も飲んだから」

「お、お前も飲んだのか」

「幹太が飲んで何も起こらなかったことは知っていました。でも慶太郎さんには異変が起こった。だから慶太郎さんのパニックが収まってすぐ、俺も飲んでみたんです。案の定何も起こりませんでした」

「でも、お前、自分の責任だってずっと」

「慶太郎さんが『異変の原因は生薬入りドリンクだ』と思い込んでいてくれた方が、都合がよかったんです。だから騙しました。本当に……本当に申し訳ありませんでした」

薫平は深々と頭を下げた。慶太郎は激しく混乱する。

「意味がわからない。おれが原因を誤解していると、お前にとってどんなふうに都合がよかったんだ」

「傍にいられると思ったんです。慶太郎さんの」

「はぁ？」

「猫耳が飛び出た時、最初はもちろん驚きました。けど、不謹慎なんですけど、心の奥で喜んでいる自分がいました。慶太郎さんとふたりだけの秘密が持てたことに。慶太郎さんはこれから、俺の前でしか泣いたり笑ったり怒ったりできないんだと思ったら……得も言われぬ気分になりました」

うな垂れたまま、薫平はぽつりぽつりと言葉を紡いだ。

「尻尾が出ちゃった日、慶太郎さんがパニクって電話をくれて……駆けつけてみたら、あられもない格好で泣いていて……慶太郎さんが直前まで何をしていて、何に触発されて尻尾が出たのか、すぐにわかりました」

あの時のことを思い出すと、今でも穴があったら入りたい気分になる。

「ベッドの上にエロ本が開かれているのが目に入って……限界でした。気づいたら嘘八百並べながら抱き締めていました」

「じゃあ、運動部云々《うんぬん》っていうのは」

「全部デタラメです。俺の作り話です」

「なっ……」

ここは怒るところだろうか。それとも泣き叫ぶところだろうか。

ぐるぐると巡る様々な感情に、猫耳がひくひく動いた。

「なんで、そんな嘘を」

呟くと、薫平がようやく顔を上げた。

しっかり者の年下男子が初めて見せた、今にも泣き出しそうな表情だった。

ランタンの明かりにその瞳が潤んで見えて、胸がざわざわと落ち着かなくなる。

「気づかれないように必死に努力していました。責任、責任っていやらしいほど連呼して。それでもいつも、バレないだろうか、バレたらどうしようって、ビクビクしていました」

「ビクビク？」

「慶太郎さんに関しては情けないほどビビリなんです、俺」

「どうして」

「どうしてって……」

瞳の揺れを隠すように、薫平はそっと目を閉じた。

「好きだからに決まってるじゃないですか」

一瞬、慶太郎は呼吸を止めた。

「あなたが好きだからです。好きすぎてわけわかんなくなって俺、だから咄嗟にあんな嘘をついてしまったんです」

——好きって……。

俯く薫平の前髪が、夜風にさらりと揺れる。

「そんなこと、だって、急に」

「急にじゃありません。全然。大学に入ってすぐ遊歩道を歩く慶太郎さんを見かけて、すごくきれいな人だなと思って、気づいた時にはもうどうしようもなく好きになっていました」

幹太が共通の友人だと知った時には、奇跡の偶然に小躍りするほど喜んだという。

「そんなに前から……」

慶太郎は驚きに目を瞠《みは》る。

どんな時も呼べばすぐに駆けつけてくれた。薫平はいつだって献身的で誠実だった。しかしそれは決して自分に対してだけではない。ナースステーションで看護師たちと談笑する様子がそれを物語っていた。

勘違いしてはいけない。何度も自分に言い聞かせてきた。ふたりだけの夜に施される淫《みだ》らで情熱的なあれこれも、すべては「責任を取るため」。「贖罪」なのだと。

——勘違いじゃなかったってことか。

目の前のきれいな旋毛《つむじ》を見つめながら、慶太郎は呆然とする。

「でもお前、絶対おれん家に泊《ち》まらなかった」

「同じ屋根の下に慶太郎さんが眠っているのに、朝まで大人しくできる自信がなかったんです。嘘ついて騙して散々いやらしいことしていたんだから結局同じなんですけど、それでも最後まで奪うのはダメだろうと」

　薫平なりに、最後の一線だけは越えないように自重していたということか。

「俺はゲイです。でも慶太郎さんはゲイじゃない。以前は彼女がいたことも知っています。猫耳や尻尾が出なくなったらきっとまた女性と付き合うんだろうと思いました。そしたらなんだかたまらなくなって……だったらせめて恋人が作れない間だけでも、俺だけのものにしたいと思ってしまいました」

　繰り返された責任という台詞は薫平にとって、自分の傍にいるための、自分の身体に触れるための、たったひとつの免罪符だったのだ。

「じゃあ、お前が学生時代から片思いしていた年上の男って……」

「慶太郎さんです。新舘先生じゃありません」

「信じられない」

　何年も片思いをしていた。けれど相手はゲイではないから叶わぬ恋だと諦めていた。遠くから見ているだけでいいと。あの夜の幹太の台詞を思い出す。あれは新舘のことではなく、すべて自分のことだったのだ。

　――どうしよう。

　足元をかさかさと落ち葉が滑っていく。

　気温はどんどん下がってくるのに、頬も首も胸の中も、汗ばむほどに熱い。

「俺、卑怯ですね。ほんと……我ながら最低です。慶太郎さんが怒るのも当然です」

は？　と慶太郎は眉根を寄せた。

「いつおれが怒った」

は？　と今度は薫平が顔を上げる。

「このところ慶太郎さん、ずっと怒っていましたよね。だから俺、ついに嘘がバレてしまったんだろうと覚悟をしていました」

「確かに先週ばったり幹太に会って、あいつもあのドリンクを飲んでいたと知って、心底驚いたよ。そして不思議だった。なぜあいつには猫耳が生えないんだって。なぜ俺だけなんだろうって。でもおれが悶々としていた原因は、それじゃない」

幹太が言ったから。薫平が片思いの相手と結ばれたようだと。

あの日からずっと、胸の奥をちりちりと焼かれるような感覚に苛まれてきた。

理由はなんであれ、薫平には自分だけを見ていて欲しかった。自分だけの薫平でいて欲しかった。なのに恋人ができたという。なんだそれ、聞いていないぞと心が乱れた。薫平が自分以外の誰かを好きだという現実を、受け止めることができなかった。

わかっている。嫉妬だ。新舘に嫉妬していた。

「あの、ですね」

薫平がおずおずと口を開いた。

これもまた初めて聞く、びくびくと怯えたような声だった。

「なんだ」

「慶太郎さん今、悶々って言いましたよね」

「ああ」

「つまり怒っていたんじゃなくて、悶々としていたんですよね」

薫平が一歩近づく。

「そう言っただろ」

一歩分、鼓動が速くなる。

「俺が新舘さんと付き合い出したと勘違いして悶々とした、ってことですよね」

また一歩薫平が踏み出す。

これ以上距離が縮まったら、多分聞かれてしまう。

どくどくと、恥ずかしいくらい激しく打つ鼓動を。

「慶太郎さん、もしかして俺のこと――」

伸びてきた薫平の手が、慶太郎の肩に触れようとした時だ。

「おーい、ぴーちゃん」

「戸之倉先……あ、鯨岡先生、坂の上に明かりが見えますね」

「本当だ。このまま上がってみましょう」

近づいてくる声は、鯨岡と新舘だ。

「戻ろう」

踵を返して歩き出した慶太郎の二の腕を、薫平が「待って」と摑んだ。

「何してるんだ。離せ」

「行かせません」

「行かせませんって――あっ」

目にも留まらぬ速さで、長い腕に搦《から》め捕られる。

「俺のこと嫌いじゃないなら、行かないでください」

猫耳ではなく、慶太郎自身の耳に、薫平は囁いた。

「お願いだから、逃げないで」

「薫……んっ」

覆い被さるように、唇を塞がれた。

身を捩ると、じっとしてとばかりに腕に力が込められる。

――キス……してる。

薫平は決してキスをしようとしなかった。恥ずかしい格好をさせられて、あられもない声を上げた。けれどキスだけは一度もしたことがなかった。

あなたは俺の恋人じゃないでしょ。そう言われているような気がして、言いしれない寂しさを感じていた。寂しいと感じることすら強欲なのだと思っていた。

夢なら覚めないで欲しい。

けれど坂を上るふたりの足音はどんどん近づいてくる。

「薫……離っ、せ……んっ」

薫平は腕を緩めない。

それが答えだとばかりに舌で歯列を割り、敏感な上顎を擽《くすぐ》った。

「んっ……ふ……」

逞《たくま》しい背中に腕を回す。上着を握ると、キスがぐっと深まった。

折れるほど強く抱き締められて、呼吸がままならない。

苦しいのに嬉しくて、切ないのに満たされる。

目眩がするほど幸せだった。

——好きだ、薫平。

心は衒《てら》いなく叫ぶ。

一番欲しかったものはあまりに単純で、だから気づけなかったのかもしれない。

こんなに近くにあったのに。

「ぴーちゃーん！　……お、いたいた。なんだよ返事くらいして——うわっ！」

「どうしました鯨岡先生——あっ！」

鯨岡と新舘が慌てて坂を下っていく気配がしたけれど、絡めた舌は解《ほど》けない。

ふたりの足音が消えても、ズボンの中で尻尾が飛び出しても、抱擁が解かれることはなかった。


屋敷に戻ると、そこにいたのは哲太郎ひとりだった。新舘が渋る鯨岡を連れて、薫平と泊まる予定だった旅館へ向かったという。気を遣わせてしまったらしい。

三人で囲炉裏を囲み、妙に静かな夕餉を終えた。鯨岡たちと同じように哲太郎も何かを察したわけではないのだろうが、早々に自室に入ってしまった。

「みんなに気を遣わせちゃいましたね」

「お前がいきなりあんなことするからだろ」

キッと睨むと薫平は「すみません」とうな垂れたが、すぐに気を取り直したように部屋を見回し、すーっと息を吸い込んだ。

「いい匂《にお》い。俺、い草の匂い、好きなんですよね」

「改築したばかりだからな」

改築後も間取りは変わっていない。東の端の八畳間はこの家唯一の客間だ。

布団が二組並んで敷かれているのが、新婚旅行のようでどうにも気恥ずかしい。しかも哲太郎が寝間着にと用意してくれたのは、揃いの浴衣《ゆかた》だった。

「なんか新婚初夜って感じですね」

デリカシーのないことを言う薫平の腹を、肘《ひじ》で小突いた。

痛いなあと口を尖らせながら、薫平はいそいそと二組の布団をくっつけた。

「おい、何してるんだ」

「初夜の準備です」

「お前、まさかここで——」

「します」

「ダメだ！」

慶太郎はぶんぶんと頭を振った。

「て、哲じいちゃんが」

「大丈夫。お風呂をいただいた後、おやすみなさいの挨拶に伺ったらもうぐっすり眠ってらっしゃいました」

ちゃっかり確認をしてきたらしい。

「まだ八時前なのに」

「その代わりお年寄りは朝が早いんです。この前消化器内科の同期が、九十歳の入院患者さんが毎朝四時に廊下で体操を始めるって嘆いていました」

ご多分に漏れず哲太郎も朝は早い。鶏が鳴く頃には大抵起床している。

「ということで、急ぎましょう」

「えっ？　あ、うわっ」

くっつけたばかりの布団の上に、ころんと転がされた。

上からのし掛かってくる若い身体を、反射的に押し返した。

「どうしてもダメですか？」

「ダメ、って、ことは……」

「やっぱり怒っているんですね。卑怯にも四年間ずっと騙し続けてきたこと」

こんな時だけ年下ぶって、自信なさげに目蓋を伏せるのだから確かに卑怯だ。

「別に……怒っていない」

「本当に？」

甘えるように見下ろす薫平に、慶太郎は「ああ」と小さく頷いた。

「怒ってなんかいない。おれもずっと、多分四年前からずっと、お前が好きだったから」

四年前、誤って生薬入りドリンクを飲んでしまった。得体の知れないものを飲んでしまったことに軽くパニックを起こし、トイレに駆け込んだ。吐き出そうとしていると、後を追ってきた薫平が背中をさすってくれた。

『落ち着くまで、もう少しこうしていましょうか』

大きくて温かい手のひらが、背中を這《は》った。

触れられた場所が、じんじん熱を持っていくのがわかった。

『柊さんの髪って、柔らかくてきれいですよね。さらさら』

あの時のふわふわするような、ぞくぞくするような感情がなんだったのか今ならわかる。

「恋だ」

本物の恋を知った時、猫耳が現れる。

哲太郎はそう言った。

「あの瞬間、俺は恋に落ちた。猫耳が出たのは、お前を好きになったからだ。自分でも気づかないうちに」

幹太の同級生だという、背の高い年下男。紺のダッフルコートが似合っていた。

四年も経っているのに、昨日のことのように色褪《いろあ》せない。

「薫平」

「……はい」

「お前が好きだ」

薫平の瞳が見開かれる。潤んだそこに吸い込まれそうになる。

どちらからともなく抱き合った。奪うでもなく、奪われるでもなく。

責任も贖罪も、余計なものは何ひとつ介在しない触れ合い。

薫平の言う通り、今夜がふたりの「初夜」なのだと思った。

「……んっ……」

跨《また》がるように上になった薫平は頬、顎、首筋と、口づけの雨を降らせる。

「慶太郎さん……」

慶太郎さん、慶太郎さんと愛しそうに呼ぶその声が、鼓膜から皮膚《ひふ》から染み込んでくる。

義務からではなく本気で自分を欲しがってくれているのだと思うと、不覚にも涙が滲みそうになった。

「キスしたいって、いつも思っていました」

「……おれもだ」

「ずっと我慢していました」

「もう我慢しなくていい。というか、するな」

煽るような台詞は、薫平への気遣いではない。

慶太郎自身が、早く唇を重ねたくてたまらなかったから。

「んっ……」

唇が重なったと思ったら、いきなり強く吸い上げられた。驚いて半開きになった歯列から強引な舌が入り込んでくる。

性急なやり方がいつもの薫平らしくなくて、今までどれほど我慢していたかが痛いほど伝わってきた。

「んっ……んっ」

ぬるぬると舌が絡み合う感触に、全身が総毛立つ。

猫耳はひくつき、尻尾は快感に震えた。

舌の根元が痺《しび》れるほど吸い上げられる。じんじんという痛みに似た感覚が、麻酔のように全身に広がっていくのがわかった。

裏山の頂上でされた、あれが薫平のキスなのだと思っていたら大きな間違いだった。

ほんの数分で、慶太郎のそこは硬く張りつめてしまった。

「薫平……」

視線で訴えると、薫平はようやく唇を解放してくれた。

「なんていうか……」

濡れた唇を拭う薫平の視線は、慶太郎の浴衣の襟元あたりに釘付けられている。

「色っぽいのを通り越して、試されてるみたいな気がします」

「……え」

キスに夢中になっている間に浴衣が乱れ、左半分の胸が剝き出しになっていた。

隠そうとすると、手首を摑まれた。

「俺一度、オペ室から出てきた慶太郎さん見て、鼻血出そうになったことがあるんです」

「オペ室？」

「オペを終えた後の気怠《けだる》そうな慶太郎さんって、ものすごくセクシーなんですよね。しかも手術着から見える胸元が汗ばんでいて。誰もいなかったら俺、確実にあの場で押し倒していました」

「バ……」

神聖な職場でそんなことを考えていたとは。

この年下ワンコは、思っていたより躾がなっていないのかもしれない。

「どうせすぐに脱がすけど、ちょっとだけこのまま」

そう言って薫平は、意図せず晒《さら》された胸の突起に躊躇なく吸い付いた。

「おい、薫……あっ、ぁぁ……」

舌先で擽るように弄び、すぐにカリッと甘噛みする。

遊びのような愛撫を施しながら、薫平は浴衣の裾から右手を忍び込ませた。

「やっ……」

露《あらわ》になった太股《ふともも》を、薫平の手のひらがさわさわとなぞる。そのまま下着の上から勃《た》ち上がった中心に触れた。ボクサーショーツには多分、こらえきれず溢れてしまったものがはしたない染みを作っているはずだ。羞恥と快感の狭間《はざま》で、慶太郎は息を乱した。

「はっ……んっ……」

薫平が器用な手つきで腰紐を解く。

長くて骨ばったその指に、思わず見惚れそうになる。

浴衣を脱がされショーツを剝《は》ぎ取られ、纏《まと》うもののなくなった身体に、薫平の熱っぽい視線が注がれた。

「あんまりじろじろ見るな」

「我慢するなって言いましたよね」

こんな場面で言質《げんち》を取るあたりが憎らしい。年下のくせに。

「見たいんです、慶太郎さんのすべてを知りたい。俺の腕の中で気持ちよくなって、震えて、乱れていく慶太郎さんを全部、ひとつ残らず知りたい」

「薫平……」

「慶太郎さん、俯《うつぶ》せになってください」

「え？　あ、おいっ」

「俯せというか、四つん這いですね」

有無を言わさぬ力で俯せにされた。

敷き布団と背中の間で大人しくしていた尻尾が、元気よくふるんと揺れた。

「尻尾はちょっと上げててください」

「薫平、お前、何するつもり――」

「もう少し脚、開いてください」

ぐいっと脚を左右に開かれた。

「あ、やめっ……」

前腕部に体重がかかり、尻を高く突き出す格好になる。

これではまるで、本物の猫だ。

「我慢しませんから、俺」

背後に回った薫平は、慶太郎の腰を左右から押さえると、あろうことか双丘の狭間に顔を埋め、秘めた孔《あな》に舌を這わせた。

「く、薫平、やっ、やめろって」

じたばたと手足をばたつかせても、薫平はやめない。

それどころか孔の周囲の襞《ひだ》を、くちくちと音をたてて舐め始めた。

「あぁ……あっ、や……だっ、て」

腰が戦慄《わなな》く。死ぬほど恥ずかしいのに、どうしようもなく感じてしまう。

慶太郎は真っ白なシーツを、両手でぎゅっと握り締めた。

「ひくひくしてる。慶太郎さんのここ、可愛い」

「言う、なっ、そゆ、こと……ぁぁ……」

襞の間まで舐め溶かすような丁寧な愛撫に、慶太郎はたまらず背を反らす。

「薫、平……あぁっ……」

「こっちも触っていいですか」

「あ、ダメ、だっ」

慶太郎は腰を引いた。

恥ずかしいことに中心は、まだ触れられてもいないのに下腹に張りつくほどまで勃ち上がっていた。先端からはとろとろと透明な液を垂らしている。

「そこ、触ったら、もう」

「イッちゃいそうですか？」

べそをかきながら頷くと、薫平がふっと笑った。

その吐息にさえ感じてしまうほど、慶太郎は切羽詰まっていた。

「イッていいですよ」

「やっ、だ……」

「俺にお尻の孔舐められて、イッてください」

卑猥《ひわい》すぎる台詞が、慶太郎を際へと追い立てた。

薫平の舌先が、襞を割って秘孔へ入り込む。

「あぁぁ、んっ……」

ぬるぬると抜き挿しされる舌の感覚に、内股が震えた。

同調するように揺れる尻尾の根元を、薫平が握る。

そしてまるでそれが性器であるように、擦《こす》り上げた。

「薫っ、平、あ――イ……く、ああっ！」

脳の裏側で何かが白く光り、全身の力が抜けた。

シーツの上に、はたはたと白濁が飛び散る。

「……ぁぁ……ん……」

意識が飛ぶかと思うほどの激しい吐精は、なかなか収まらなかった。

がくんと落ちるように突っ伏すと、すかさず薫平が覆い被さってきた。

「いっぱい出たのに、耳も尻尾も引っ込みませんね」

猫耳を甘噛みしながら嬉しそうに囁く。

「そんなに、急には、引っ込まない」

「いつもはイくとすぐに、ここがちょっと柔らかくなるんですよね」

敏感な尻尾の付け根を握られ、慶太郎は「やっ……」と顎を上げる。

「今日は硬いままです。ほら」

「あっ、や……」

身体の中心にはまだ、熾火《おきび》のような熱が残っている。

一度じゃ足りない。もっと欲しい。もっともっと奥まで薫平が欲しい。

そう訴えるような熱を感じる。

慶太郎は自ら身体を起こした。薫平はいつの間にか浴衣と下着を脱ぎ去っていた。

――うわ……。

そそりたつ雄に、思わず息を呑む。

幾度となく体温を重ねてきたけれど、薫平のそこに触れたことは一度もない。明かりの下ではっきりと見るのも初めてだった。冗談めかして「触らせろ」と迫ったこともあったが、いつもやんわり拒絶された。慶太郎さんはそんなことしなくていいです、と。

「我慢しないって言ったくせに、めちゃめちゃ我慢してるじゃないか」

手を伸ばし熱に触れる。唇を近づけると薫平が目を瞠った。

「ダメです。そんなことしなくていいです」

薫平は驚いたように逃げを打った。

「バカ。さっきからお前は何を聞いていたんだ」

「へ？」

「おれがしたいんだ」

片手には余るほどの大きさに、同じ男として小さな嫉妬を覚えつつも、これが薫平の欲望なのだと思うと愛しさが溢れてくる。

――これが、薫平……。

自然に口付けていた。

雄々《おお》しく張り出した先端を含むと、頭上から湿った吐息が落ちてくる。

歯を立てないように気をつけながら、喉奥まで飲み込む。唇でゆっくりと扱《しご》くと、薫平は慶太郎の髪を両手で摑んだ。

「慶太郎……さ、んっ」

猫耳ごと髪を掻き回される。すごく気持ちいいです。そんな気持ちが伝わってくる。

初めてする行為に躊躇いはなかった。

薫平を悦《よろこ》ばせていることがたまらなく嬉しい。

割れ目に舌を這わせると、薫平は「あっ」と小さく声を上げた。

「もう、いいです、慶太郎さん、やめて」

慶太郎は無言で首を振る。

「気持ちよすぎて、もう限界なんです」

だったら大人しく気持ちよくなっていればいい。

「出ちゃいそうなんですってば。あ、あ、離して、お願い」

猫耳をこちょこちょと擽られ、慶太郎は「ひっ」と首を竦めた。

その隙に薫平は腰を引く。口いっぱいに含んでいた雄が、ふるんと飛び出した。

「勘弁してください。俺、マジでギリギリなんですから」

「口に出してもよかったのに」

薫平のものなら、飲み込むのもやぶさかではない。

「それはまた別の機会にお願いします。今夜は……」

不服に口を尖らすと、ふわりと抱き締められた。

「慶太郎さん、そういうふうに口尖らすの反則ですよ」

「え？」

「可愛すぎてイきそうになるので」

わけのわからないことを言いながら、薫平は慶太郎を布団に横たえた。

口元の優しい笑みと、大切な宝物を扱うような手つきに、胸を熱くしたのは束の間《つかま》のことだった。どこでどんな手解きを受けたのかと問いつめたくなるような、遠慮の欠片もない手管で薫平は慶太郎を追い立てた。

不思議なほど恐怖はなかった。もちろん嫌悪感も。

薫平は根気よく狭い入り口をほぐしていった。長い指で奥を広げられると、あられもない声が漏れた。触れると電気が走るように感じる場所があって、そこが前立腺《ぜんりつせん》なのだなとわかった。

「ここ、コリコリしてる」

「あっ……あっ」

「触ると前から溢れてきます。すげ、エロい」

「言う……なっ、バカ」

「そろそろ挿《い》れてもいいですか」

頷いてはみたものの、いかんせんそこは、何かを受け入れるためにある器官ではない。なるべく負担をかけまいと、薫平が精一杯配慮してくれていることはわかっていたが、なかなかスムーズにはいかない。痛くないですか、大丈夫ですかとしつこく確認され、目を瞑ったまま頷くのが精一杯だった。

「大丈夫ですか」

「平気……だ」

あやすように、時折キスが落ちてくる。

薄い粘膜が触れ合うだけで、どうして泣きたくなるほど幸せなのだろう。頭の片隅でそんなことを考えながら、薫平の唇を夢中でねだった。

「全部入りました」

こんな時まで敬語なのが少し可笑しい、などと考える余裕があったのは一瞬だった。

限界まで大きくなった薫平の抽挿《ちゅうそう》に、慶太郎は悲鳴に近い声を上げた。

「薫平、もう少……あぁっ！」

もう少しゆっくり動いてくれと、懇願する言葉さえ持っていかれる。あえぎながら繋がった部分に視線をやると、襞が消えるほど広げられたそこに薫平の猛《たけ》りが挿し込まれていた。

薫平が動くたび、ぬちぬちと耳を覆いたくなるような卑猥な水音がする。

ずっと秘めていたふたり分の欲望がようやく混ざり合う音だ。

「あっ、あ、んっ」

「痛い、ですよね、すみません」

「大丈夫、だ」

愛しい男を受け入れる痛みと悦びが、身体の深い場所で抱き合うように螺旋《らせん》を描く。

苦しい。けれど嬉しい。辛い。なのにたまらなく幸せだ。

「薫平」

「……はい」

「おれの中は、気持ちいいか」

今までずっと、一方的に施しを受けてきた。だけどこれからは違う。

自分たちを繋ぐものは責任や贖罪などではなく、互いを愛する気持ちだとわかったのだから。

「気持ちいいです。どうにかなりそうなくらい」

「どうにかなっちまえ」

「……え」

「お前が気持ちいいと、おれも気持ちいい」

「慶太郎さん……」

息が止まりそうなくらい強く抱き締められた。

――薫平の匂い……。

頭がくらくらした。

「あんまり可愛いこと言うから、ゆっくりしたいのに、できない」

泣きそうな声で言いながら、薫平はその引き締まった腰を前後に動かす。

「すみません俺、余裕、ない」

「好きに動け……んっ」

薫平が苦しげに眉を顰《ひそ》める。その表情は、これまで見たどの薫平より熱っぽく本能的で、ぞくぞくするほどセクシーだった。

「薫ぺ、いっ……」

凶器のような熱で奥を抉《えぐ》られ、意識が飛びそうになった。

汗に濡れた背中に、無意識に手を回す。

「慶太郎さん……慶太郎、さんっ」

「薫平……」

抽挿が速まる。

「あぁ、あっ、ひ、あっ！」

頂に達した瞬間、最奥にどくどくと重い熱を感じた。

歯を食いしばってぶるっと震える薫平を、この時ほど愛しいと感じたことはない。

──薫平を愛している。

薄れていく意識の中で、はっきりとそう感じた。

愛しています、慶太郎さん。

優しい腕の中で、薫平の声を聞いた。


「今度休み合わせて、ふたりでどこか旅行に行きませんか」

「ああ、そうだな」

「海外はちょっと厳しいから国内で……あ、温泉とかどうですか」

「いいんじゃないか」

「慶太郎さんと温泉でしっぽりかぁ。背中流し合ったりして……うわ、興奮してきました」

日曜の新幹線は八割ほど座席が埋まっている。

慶太郎は隣の薫平にひややかな視線を投げかけた。賢い忠犬は、一夜にして発情期のバカ犬に成り下がってしまったようだ。

「そんなことより新舘先生にちゃんと連絡したんだろうな」

「はい。今朝早く、鯨岡先生の車で宿を発ったそうです。東京に着くのは、俺たちと同じくらいの時間になるかもしれませんね」

さっき慶太郎のスマホにも、鯨岡から同じ内容のメッセージが届いていた。「非常に不本意ではあるが」という文言に苦笑しながらも、ありがたさで胸が一杯になった。

新舘と鯨岡には、帰京したらすぐきちんと謝罪と報告をするつもりだ。ふたりの協力なしに、自分たちがこうして結ばれることはなかったのだから。

「あの、慶太郎さん」

「なんだ」

「いえ、なんでもありません」

迷ったように目を伏せた薫平の、脇腹を軽く抓《つね》った。

「痛っ」

「言いたいことがあるならはっきり言え」

「はい……」

薫平はもう一度逡巡し、ゆっくりと口を開いた。

「哲太郎さん、俺たちのこと、まさか気づいていないですよね」

そのことかと、慶太郎は小さく嘆息した。

目覚めるなり慶太郎は頭と尻を確認し、耳と尻尾が消えていることに安堵した。報告しようとした薫平は、すでに布団にいなかった。

居間に向かうと、哲太郎と薫平が囲炉裏を挟んで朝食をとっているところだった。

『おはようございます』

『おはよう。風邪の具合はどうなんや』

哲太郎に尋ねられ、慶太郎は『え？』と首を傾げた。

『け、慶太郎さん昨夜、ね、寝汗がひどかったじゃないですか。さっき俺、シーツ洗って干しておきました。勝手に洗濯機を拝借してしまいました。すみません』

焦ったような早口に、慶太郎はすべてを察した。早起きした薫平は昨夜汚してしまったシーツを、哲太郎に悟られないように洗濯してくれていたのだ。

『風邪は万病の元やぞ』

『だ、だいぶよくなった気がする』

視線をうろつかせながらなんとか話を合わせる。

『細っこくても、小さい頃は丈夫やったのにな。いつの間にそないに弱くなったんや』

ちらりと見上げながら立ち上がる哲太郎の視線が痛かった。

『熱はないみたいだし、心配いらないよ』

『これを飲んでおきなさい』

哲太郎は戸棚から、処方箋のような袋を取り出した。

『何これ』

『漢方だ。風邪のひき始めによう効く』

『漢……こほっ』

思わず一歩後ずさって咳《せ》き込んだ慶太郎の後ろで、薫平が派手に味噌汁を噴き出した。

『なんや戸之倉さんもか。こんくらいの寒さでまったく、今時の若いもんは』

哲太郎は袋からふたり分の漢方薬を取り出し『ほれ』と慶太郎に押しつけた。

漢方はもう勘弁。

慶太郎は心で泣きながら、曾祖父の愛情をありがたく受け取った。

出がけまで書き付けを読みふけった。

本物の恋を知った時、猫の耳と尻尾が現れる。それらは感情の強い昂り、あるいは性欲の昂りによって現れ、感情が収まると同時に消える。その現象は生涯に亘《わた》って続くが、加齢とともに制御することが可能になる――。

絶望的かと思われた医師としての未来に、光が射した瞬間だった。

『あと何年かすれば、飛び出そうとする耳や尻尾を自分の力で抑えられるようになる。それに耳も尻尾も、年とともにだんだんに出んようになる。わしの耳が最後に出たんは四十年も前のことだ』

だから心配いらん。そういって哲太郎は背中をぽんとひとつ叩《たた》いてくれた。

薫平との関係に気づかれたかどうか、正直慶太郎にはわからない。勘のいい人だからもしかすると最初からわかっていたのかもしれない。

「昨日、慶太郎さんたちが着く前に、哲太郎さんに聞かれたんです。慶太郎さんに恋人がいるのかどうか」

もしいるなら別れることはまかりならん。慶太郎を幸せにできないのならこの手であの世に送ってやると、それはもう鬼気迫る様子だったという。

「おれの秘密を知った恋人が、万が一別れた後、他の誰かにしゃべるようなことがあってはいけないと思ったんだろうな」

昨日からずっと猫耳が出たままだったのは、おそらく心が泣いていたからだ。なんとか取り繕ってはいたが、薫平とさよならしなくてはならない悲しさに胸が張り裂けそうだった。

慶太郎は心の奥でずっと号泣していたのだ。

深い悲しみから立ち直れない状態に陥ると、猫耳は引っ込まなくなってしまう。哲太郎はそれを知っていたのかもしれない。

「なんとなく俺に向かって言われているような気がして、ドキドキしました」

「気づかれたっていいじゃないか」

「え？」

「お前なら、哲じいちゃんに堂々と紹介できる。こいつがおれの恋人ですって」

「慶太郎さん……」

うっとりとした目で唇を重ねようとする薫平を、渾身《こんしん》の力で押し返した。

「場所を考えろ、バカ。耳が出たらどうするつもりだ」

「慶太郎さんがそんな顔するから」

「おれがどんな顔したって？」

不機嫌丸出しで睨みつけたのに、薫平はへらっと口元を緩ませた。

「本能を直撃するような、壮絶に色っぽい顔です」

「帰ったらすぐ眼科に行け」

ぷいっと窓の方を向いた。

横で小さく笑う気配がして、座席の隙間でこっそりと手が重なった。

穏やかな温《ぬく》もりが伝わる。自らキスを拒んだくせに、昨夜の熱がまた欲しくなる。

——重症だな。

慶太郎は苦笑を噛み殺した。

「なあ薫平」

「はい」

「何年後になるかわからないけど、いつか黙天領村の診療所で働きたいと思う。猫神さまを守る家系に生まれた以上、たとえ自分の代でその役目が終わるとしても、与えられた使命を全《まっと》うしたいんだ。その時はお前も付いてきてくれるか？」

「俺でいいんですか？　子供、産めませんけど」

「お前じゃなきゃ意味がない」

薫平は「はい」と嬉しそうに頷いた。

「それから帰ったら幹太に、おれたちのこと報告しようと思うんだ」

幹太の誤解が混乱を招いたことは事実だけれど、幹太がいなかったら薫平と知り合うことはなかった。

「あの生薬入りドリンク、案外本物の惚れ薬だったのかもな。猫耳の原因ではなかったけど、こうしておれは、お前を好きになったんだから」

「…………」

照れているのか薫平は、何も答えず慶太郎の肩にコトンと頭を預けた。

「幹太には感謝しなくちゃな。最高級の惚れ薬を作ってくれて」

「…………」

勇気を出して結構恥ずかしいことを口にしているというのに、薫平はまたもや無反応だ。

「なんか答えろよ」

「…………」

「おい、薫――」

……眠っていた。

すぴーすぴーと無防備な寝息をたて、世にも幸せそうな顔をして。
――バカ犬。
けれど愛しい犬だ。
この寝顔はおれのものだ。誰にも渡さない。
さらさらの前髪にそっと口付けた。
窓の外を流れる景色から田畑が消え、ビルが増えてきた。
東京が近づいている。

あとがき

こんにちは。または初めまして。安曇ひかるです。

このたびは『猫耳ドクターはご機嫌ななめ』をお手に取っていただき、ありがとうございます。

ある日突然猫耳（&尻尾）が生えてしまった美形の外科医と、忠犬よろしく彼を守ろうとする一途な年下ワンコの恋物語、お楽しみいただけたでしょうか。ファンタジーを書くのは久しぶりだったので、いつも以上にドキドキです。胃が痛いです。

どこまでも健気に真っ直ぐに、年上の男性に恋い焦がれるワンコが好きです。大人でありたいと思うのに、若さゆえ時に我慢が利かず不埒な行動に走ってしまう。強引に押し倒してしまった後「いかん、やってもうた」みたいに眉をハの字にしたりすると可愛さ爆裂ですね。好きな人に猫耳が生えたというのに、「待てよ、これはチャンスかも」と考えるあたりはもう、愛情深いのか単にアホなのか。ワンコの醍醐味でございます。

ツンツンななめなご機嫌を隠さなくてはならない慶太郎はかなりお気の毒ですが、薫平がこれでもかと甘やかしてくれることでしょう。お笑い番組を観ながらうっかり耳を飛び出させちゃって、エロワンコにあれこれされまくったらいいと思います。

陵クミコ先生、ワンコ&にゃんこの素敵なイラストをありがとうございました。薫平の腕の中で煮干しを齧る慶太郎のカバーラフをいただいた時は、不機嫌度百二十パーセントの表情に思わず「そうそうこんな顔！」と踊り出しそうになりました。ふてニャンもびっくりの可愛さです。こんな顔でツンツンされたら、薫平でなくても押し倒したくなりますね。

本当に本当にありがとうございました。

寒さの厳しい季節となりました。皆さま風邪などひかれませんよう、どうかお気をつけてお過ごしください。

末筆ながら、最後まで読んでくださった皆さまと、かかわってくださったすべての方々に心より感謝と御礼を申し上げます。

ありがとうございました。愛を込めて。

二〇一五年　一二月

安曇ひかる

✦初出　猫耳ドクターはご機嫌ななめ……………書き下ろし

安曇ひかる先生、陵クミコ先生へのお便り、本作品に関するご意見、ご感想などは
〒151-0051 東京都渋谷区千駄ヶ谷 4-9-7
幻冬舎コミックス　ルチル文庫「猫耳ドクターはご機嫌ななめ」係まで。

幻冬舎ルチル文庫

猫耳ドクターはご機嫌ななめ

2016年1月20日　　第1刷発行

✦著者　安曇ひかる　あずみ ひかる

✦発行人　石原正康

✦発行元　株式会社 幻冬舎コミックス
〒151-0051 東京都渋谷区千駄ヶ谷 4-9-7
電話 03(5411)6431 [編集]

✦発売元　株式会社 幻冬舎
〒151-0051 東京都渋谷区千駄ヶ谷 4-9-7
電話 03(5411)6222 [営業]
振替 00120-8-767643

✦印刷・製本所　中央精版印刷株式会社

✦検印廃止

ISBN978-4-344-83625-9　C0193　Printed in Japan